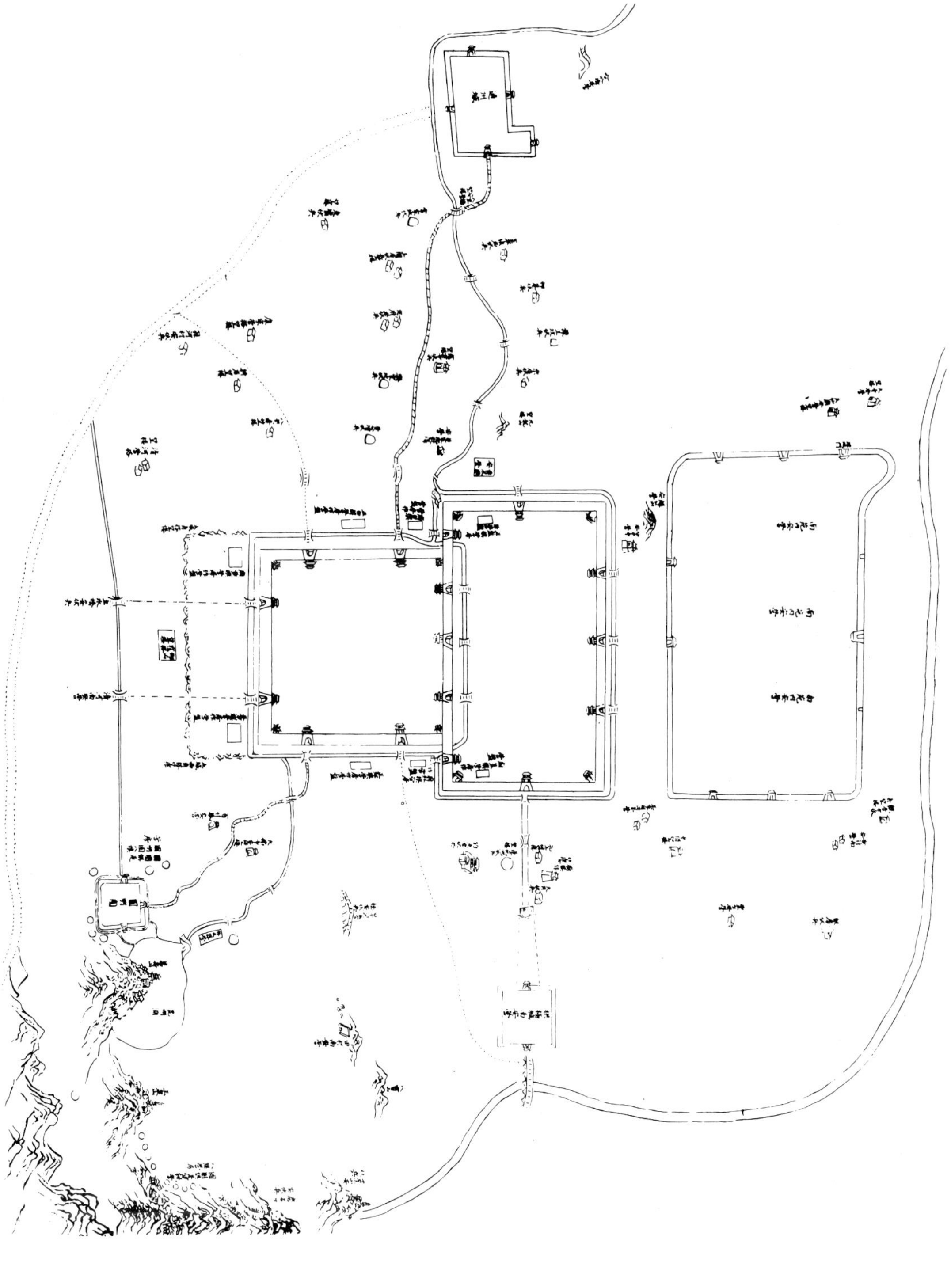

滿清八旗防衛京畿圖——原圖存軍機處，圖中「廂黃旗、廂白旗」等字，「廂」為「鑲」字之簡寫。八旗兵拱衛禁城，四郊並分布營房及伏兵。

清軍武將上陣衝擊圖

清軍武將校射圖

少林寺僧人練拳圖。

少林寺僧人練兵刃圖。兩圖繪於清康熙、雍正年間，現藏巴黎法國遠東學會。

清大喇嘛的穿珠帽。

佛教法器：從右至左分別為鍍金降魔杵、鐵降魔杵、金剛杵及髑髏金降魔杵。

董小宛像——禹之鼎繪。清代民間傳說，順治所寵愛之董鄂妃即董小宛，係奪之於冒辟疆。後世史家考證，認為此傳說不確。

順治帝繪「墨菊圖」。

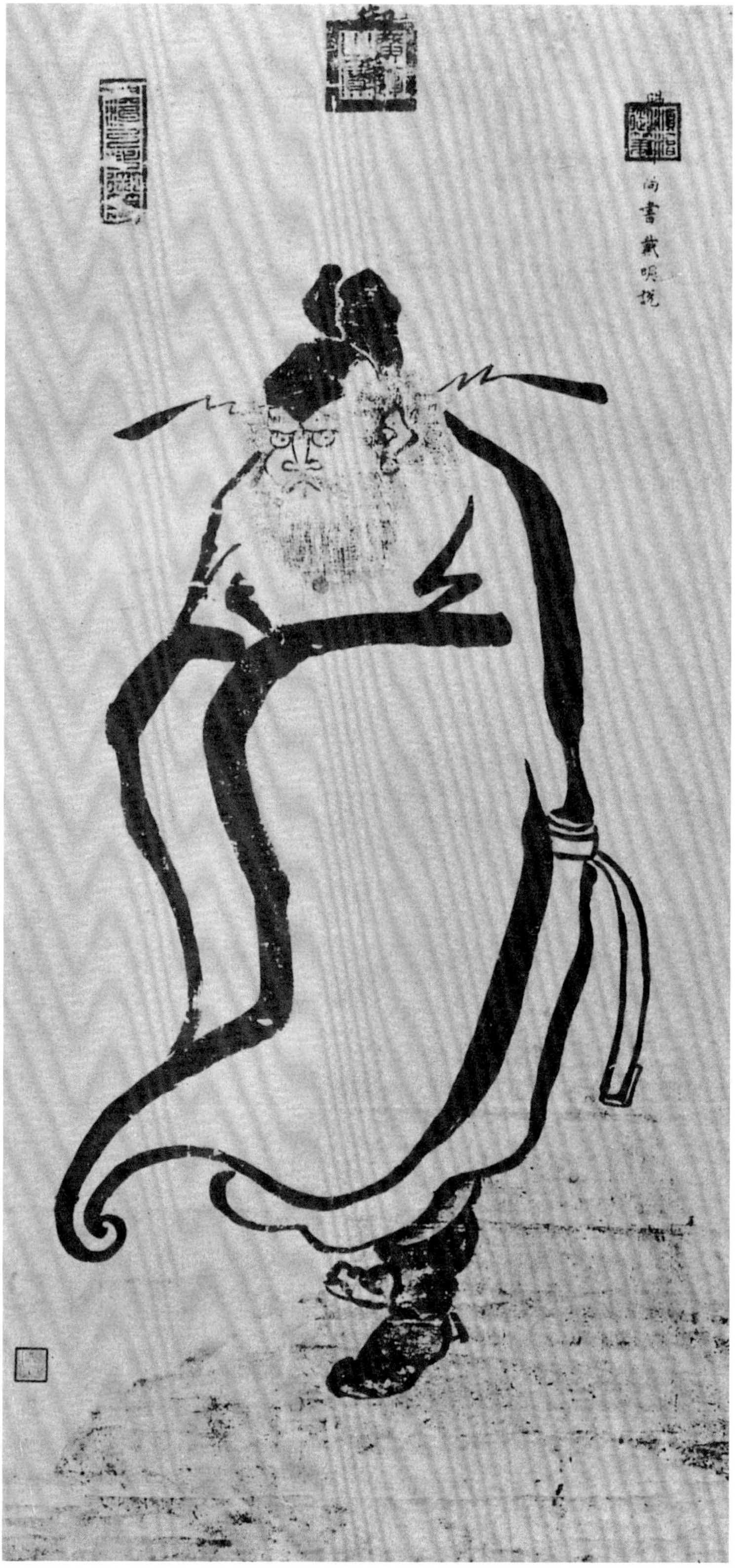

順治墨筆鍾馗——畫上題有「御筆」、「賜戶部尚書戴明說」字樣。戴明說於順治十二年二月至十三年四月任戶部尚書，此圖當繪於該時。

大字版 鹿鼎記

④ 孤島蛇羣

金庸

鹿鼎記(大字版) / 金庸作. -- 二版.
-- 臺北市：遠流, 2017.10
冊； 公分. --(大字版金庸作品集；63–72)

ISBN 978-957-32-8144-3 (全套：平裝).

857.9 106016883

大字版金庸作品集66

鹿鼎記

(4)孤島蛇羣 「公元2006年金庸新修版」

The Duke of the Mount Deer, Vol. 4

作 者／金 庸

封面設計／唐壽南 內頁插畫／姜雲行

發 行 人／王 榮 文
出版・發行／遠流出版事業股份有限公司
臺北市中山北路一段11號13樓
電話／25710297 傳真／25710197 郵撥／0189456-1

□2006年10月 1 日 初版一刷
□2022年 3 月16日 二版四刷

大字版 每冊 *380* 元（本作品全十冊，共3800元）

〔另有典藏版共36冊（不分售），平裝版共36冊，新修版共36冊，新修文庫版共72冊〕

ISBN 978-957-32-8144-3（套：大字版）
ISBN 978-957-32-8137-5（第四冊：大字版）
Printed in Taiwan

YLib 遠流博識網
http://www.ylib.com E-mail:ylib@ylib.com

目錄

第十六回　粉麝餘香啣語燕　珮環新鬼泣啼烏……七二七
第十七回　法門猛叩無方便　疑網重開有譬如……七七五
第十八回　金剛寶杵衛帝釋　彫篆石碣敲頭陀……八一三
第十九回　九州聚鐵鑄一字　百金立木招羣魔……八六九
第二十回　殘碑日月看仍在　前輩風流許再攀……九〇五

大雨淅瀝當中，東邊屋中忽然傳來幾下女子啼哭，聲音甚是淒切。靜夜之中，衆人聽了都毛骨悚然，不由得人人臉色大變。過了片刻，西邊屋中又傳出女子悲泣之聲。

第十六回　粉麝餘香啣語燕　珮環新鬼泣啼烏

韋小寶在馬車中合眼睡了一覺。傍晚時分，忽聽得馬蹄聲響，一騎馬自後疾馳而來，奔到近處，聽得一個男人大聲喝問：「趕車的，車裏坐的可是個小孩？」

韋小寶認得是劉一舟的聲音，不待車夫回答，便從車中探頭出來，笑道：「劉大哥，你是找我嗎？」只見劉一舟滿頭大汗，臉上都是塵土。他一見韋小寶，叫道：「好，我終於趕到你啦！」縱馬繞到車前，喝道：「滾下來！」韋小寶見他神色不善，吃了一驚，問道：「劉大哥，我甚麼事得罪了你，惹你生氣？」

劉一舟手中馬鞭揮出，向大車前的騾子頭上用力抽去。騾子吃痛大叫，人立起來，大車後仰，車夫險些摔跌落地。那車夫喝道：「青天白日的，見了鬼麼？幹麼發橫？」劉一舟喝道：「老子就是要發橫！」馬鞭再揮，捲住了那車夫的鞭子，一拉之下，將他摔在地下，跟著揮鞭抽擊，抽一鞭，罵一聲：「老子就是要發橫！老子就是要發橫！」那車夫掙扎著爬不起身，不住口爺爺奶奶的亂叫亂罵。劉一舟的鞭子越打越重，一鞭下去，鮮血就濺了開來。

韋小寶驚得呆了，心想：「這車夫跟他無冤無仇，他這般狠打，自是衝著我來了。老子不是他對手，待他打完了車夫，多半也會這樣打我，那可大事不妙。」從靴筒中拔出匕首，在騾子屁股上輕輕戳了一下。

騾子吃痛受驚，發足狂奔，拉著大車沿大路急奔。劉一舟捨了車夫，拍馬趕來，叫道：「好小子，有種的就別走！」韋小寶從車中探頭出來，叫道：「好小子，有種的就別追！」

劉一舟出力鞭馬，急馳趕來。騾子奔得雖快，畢竟拖了一輛大車，奔得一陣，劉一舟越追越近。韋小寶想將匕首向劉一舟擲去，但想多半擲不中，反失了防身利器。他亂叫吆喝，急催騾子快奔，突然間耳邊勁風過去，右臉上熱辣辣的一痛，已給打了一鞭。他忙縮頭入車，從車帳縫裏見劉一舟的馬頭已挨到車旁，只消再奔得幾步，劉一舟便能躍上車來，情急智生，探手入懷，摸出一錠銀子，用力擲出，正中那馬左眼。

那馬左眼鮮血迸流，眼珠碎裂，登時瞎了，斜刺裏向山坡上奔去。劉一舟急忙勒韁，那馬痛得厲害，幾個虎跳，將劉一舟顛下馬背。他一個打滾，隨即站起，那馬已穿入林中，嘶叫連聲，奔得遠了。韋小寶哈哈大笑，叫道：「劉大哥，你不會騎馬，我勸你去捉隻烏龜來騎騎罷！」劉一舟大怒，向大車急奔追來。

韋小寶嚇了一跳，急催騾子快奔，回頭瞧劉一舟時，見他雖與大車相距已有二三十丈，但邁開大步，不停追來，要抛脫他倒也不易，當下匕首探出，在騾子臀上又輕輕一戳。豈知這次卻不靈了，騾子跳了幾下，忽然轉過頭來，向劉一舟奔去。韋小寶大叫：「不對，不對！你這畜生吃裏扒外，要老子的好看！」用力拉韁，但騾子發了性，卻那裏拉得住？韋小寶見情勢不妙，忙從車中躍出，奔入道旁林中。

劉一舟一個箭步竄上，左手前探，已抓住他後領。韋小寶右手匕首向後刺出。劉一舟右手順著他手臂向下一勒，一招「行雲流水」，已抓住了他手腕，隨即拗轉他手臂，匕首劍頭對住他咽喉，喝道：「小賊，你還敢倔強？」左手啪啪兩下，打了他兩個耳光。

韋小寶手腕奇痛，喉頭涼颼颼地，知道自己這柄匕首削鐵如泥，割喉嚨如切豆腐，忙嘻皮笑臉的道：「劉大哥，有話好說，大家是自己人，爲甚麼動粗？」

劉一舟一口唾沫吐在他臉上，說道：「呸，誰認你是自己人？你……你……你這小賊，竟敢在皇宮裏花言巧語，騙我方師妹，又……又跟她睡在一床，我……我……非殺了你不可……」額頭青筋凸起，眼中如要噴出火來，左手握拳，對準韋小寶面門。

韋小寶這才明白，他如此發火，原來是爲了方怡，只不知他怎生得知？眼前局面千鈞一髮，他火氣稍大，手上多使半分勁，自己咽喉上便多個窟窿，笑道：「方姑娘是你心上人，我怎敢對她無禮？方姑娘心中，就只你一個。她從早到晚，只是想你。」

劉一舟火氣立降，問道：「你怎知道？」將匕首縮後數寸。韋小寶道：「只因她求我救你，我才送你出宮，她得知你脫險，可不知有多歡喜。」

劉一舟忽又發怒，咬牙道：「你這小狗蛋，老子可不領你的情！你救我也好，不救我也好，爲甚麼騙得我方師妹答允嫁……嫁你做老婆？」匕首前挺數寸。

韋小寶道：「咦！那有這事？你聽誰說的？方姑娘這般羞花閉月的美人兒，只有嫁你這等又英俊、又了得的英雄，這才相配哪！」

劉一舟火氣又降了三分，將匕首又縮後了數寸，說道：「你還想賴？方師妹答允嫁你做老婆，是不是？」韋小寶哈哈大笑。劉一舟道：「有甚麼好笑？」韋小寶笑道：「劉大哥，我問你，做太監的人能不能娶老婆？」

劉一舟憑著一股怒氣，急趕而來，一直沒想到韋小寶是個太監，而太監決不能娶妻，這一下經韋小寶一言提醒，登時心花怒放，忍不住也笑了出來，卻不放開他手腕，問道：「那你爲甚麼騙我方師妹，要她嫁你做老婆？」

韋小寶道：「這句話你從那兒聽來的？」劉一舟道：「我親耳聽到方師妹跟小郡主說的，難道有假？」韋小寶問道：「是她們二人自己說呢，還是跟你說？」劉一舟微一遲疑，道：「是她們二人說的。」

原來徐天川同方怡、沐劍屏二人前赴石家莊，行出不遠，便和吳立身、敖彪、劉一舟三人相遇。吳立身等三人在淸宮中身受酷刑，雖未傷到筋骨，全身卻給打得皮破肉綻，坐了大車，也要到石家莊養傷，道上相逢，自有一番歡喜。

但方怡對待劉一舟的神情卻和往日大不相同，除了見面時叫一聲「劉師哥」，此後便十分冷淡，對他不瞅不睬。劉一舟幾次三番要拉她到一旁，說幾句知心話兒，方怡總是陪著沐劍屏不肯離開。劉一舟又急又惱，逼得緊了，方怡道：「劉師哥，從今以後，咱二人只是師兄妹的情份，除此之外，甚麼也不用提，也不用想。」劉一舟一驚，問道：「那……那爲甚麼？」方怡冷冷的道：「不爲甚麼。」劉一舟拉住她手，急道：「師妹，你……」方怡用力一甩，掙脫了他手，喝道：「請尊重些！」

劉一舟討了個老大沒趣，這一晚在客店之中，翻來覆去的難以安枕，心情激盪，悄悄爬起，來到方怡和沐劍屏所住店房的窗下，果然聽得二人在低聲說話：

沐劍屏道：「你這樣對待劉師哥，豈不令他好生傷心？」方怡道：「那有甚麼法子？他早些傷心，早些忘了我，就早些不傷心了。」沐劍屏道：「你眞的決意要嫁……嫁給韋小寶這小孩子？他這麼小，你能做他老婆嗎？」方怡道：「你自己想嫁給這小猴兒，因此勸我對師哥好，是不是？」沐劍屏急道：「不，不是的！那你快去嫁給韋大哥好了。」方怡嘆了口氣，道：「我發過誓，賭過咒的，難道你忘記了？那天我說道：『皇天在上，后土在下，桂公公若能相救劉一舟平安脫險，小女子方怡便嫁公公爲妻，一生對丈夫忠貞不貳，若有二心，教我萬劫不得超生。』我又說過：『小郡主便是見證。』我不會忘記，你也不會忘記。」

沐劍屏道：「這話當然說過的，不過我看……看他只是鬧著玩，並不當眞。」方怡道：「他當眞也好，當假也好，可是咱們做女子的，既已親口將終身許了給他，那便決無反悔，自須從一而終。何況……何況……」沐劍屏道：「何況甚麼？」方怡道：「我仔仔細細想過了，就算說過的話可以抵賴，可是他……他曾跟我們二人同床而臥，同被而眠……」沐劍屏咭的一聲笑，說道：「韋大哥當眞頑皮得緊，他還說《英烈傳》上有這麼一回書的，叫甚麼『沐王爺三箭定雲南，桂公公雙手抱佳人』。師姊，他可眞的抱了你哪，還香了你的臉呢！」方怡嘆了口氣，不再說話。

劉一舟在窗外只聽得五內如焚，天旋地轉，立足不定。

只聽方怡又道：「其實，他年紀雖小，說話油腔滑調，待咱們二人也當眞不壞。這次分手之後，不知甚麼時候能再相會。」沐劍屏又咭的一聲笑，低聲道：「師姊，你在想念他啦！」方怡道：「想他便想他，又怎麼了？」沐劍屏道：「是啊，我也想他。我幾次要他跟咱們同去石家莊，他總說身有要事。師姊，你說這是眞的，還是假的？」方怡道：「在飯館打尖之時，我曾聽得他跟車夫閒談，問起到山西的路程。看來他眞要去山西。」沐劍屛道：「他年紀這樣小，一個人去山西，路上要是遇到歹人，可怎麼辦？」方怡嘆了口氣，道：「我本想跟徐老爺子說，不用護送我們，還是護送他的好，可是徐老爺子一定不會肯的。」沐劍屛道：「師姊，我……我想……」方怡道：「甚麼？」沐劍屛嘆了口氣，道：「沒甚麼。」方怡道：「可惜咱二人身上都有傷，否則的話，便陪他一起去山西。現下跟吳師叔、劉師哥他們遇上了，咱們便不能去找他了。」

劉一舟聽到這裏，頭腦中一陣暈眩，砰的一聲，額頭撞上了窗格。

方怡和沐劍屛齊聲驚問：「誰啊？」

劉一舟妒火中燒，便如發了狂，只想：「我去殺了這小子，我去殺了這小子！」搶到前院，牽了一匹馬，打開客店大門，上馬疾奔。他想韋小寶既去山西，便向西行。奔到天明，問明了去山西的路程，沿大道追將下來，每見到有單行的大車，便問：「車裏坐的可是個小孩？」

韋小寶聽劉一舟說，此中情由是聽得小郡主跟方怡說話而知，料想必是偷聽得來，所知有限，笑道：「劉大哥，你可上了你師妹的大當啦。」劉一舟道：「上了甚麼當？」

韋小寶道：「方姑娘跟我說，她要好好的氣你一氣。她盡心竭力的救你，可是你半點也不將她放在心上。」劉一舟急道：「那……那有此事？我怎不將她放在心上？」

韋小寶道：「你送過她一根銀釵，是嗎？銀釵頭上有朵梅花的。」劉一舟道：「是啊！你怎知道？」韋小寶道：「她在宮中混戰之時將銀釵掉了，急得甚麼似的，說道這是她心上人給的東西，說甚麼也不能掉了，就是拚了性命不要，也要去找回來。」劉一舟一呆，沉吟道：「她……她待我這麼好？」韋小寶道：「當然啦，那難道還有假的？」

劉一舟問：「後來怎樣？」

韋小寶道：「你這樣扭住了，我痛得要命，怎能說話？」

劉一舟道：「好罷！」他聽得方怡對待自己如此情深，怒火已消了大半，又想反正這孩子逃不出自己掌心，鬆開了手，又問：「後來怎樣？」

韋小寶給他握得一條胳臂又痛又痲，慢慢將匕首揷入靴筒，見手腕上紅紅的腫起了一圈手指印，說道：「沐王府的人就愛抓人手腕，你這樣，白寒楓也這樣。沐家拳中這一招『龜抓手』，倒也了得。」他將「龜抓手」這個「龜」字說得甚是含糊，劉一舟沒聽明白，也不加理會，又問：「方師妹失了我給她的那根銀釵，後來怎樣？」

韋小寶道：「我給你的烏龜爪子抓得氣也喘不過來，須得歇一歇再能說話。總而言之，你娶不娶得到方姑娘做老婆，這可有老大干係。」

這次劉一舟聽明白了「烏龜爪子」四字。但他惱怒的，只是韋小寶騙得方怡答允嫁他，至於口頭上給他佔些便宜，卻也並不在乎，又聽他說「你娶不娶得到方姑娘做老婆，這可有老大干係」，自是十分關心，忙道：「快說！別拖拖拉拉的了。」韋小寶道：「總得坐了下來，慢慢歇一會，才有力氣說話。」劉一舟沒法，只得跟著他來到林邊的一株大樹下，見他在樹根上坐了，當即並肩坐在他身畔。

韋小寶嘆了口氣，道：「可惜，可惜。」劉一舟甚是躭心，忙問：「可惜甚麼？」韋小寶道：「可惜你師妹不在這裏，否則她如能和你並肩坐在這裏，跟你談情說愛，她才真的歡喜了。」劉一舟大樂，忍不住笑了出來，問道：「你怎知道？」

韋小寶道：「我聽她親口說過的。那天她掉了銀釵，冒著性命危險，衝過了淸宮侍衛把守的三道關口，雖然身受重傷，還是殺了三名淸宮侍衛，將銀釵找了回來。我說：『方姑娘啊，你忒也笨了，一根銀釵，値得幾錢？我送一千兩銀子給你，這種釵子，咱們一口氣去打造它三四千枝。你每天頭上插十枝，天天不同，一年三百六十日，天天插的還都是新釵子。』方姑娘說：『你小孩子家懂得甚麼？這是我那親親劉師哥送給我的，你送給我一千枝一萬枝，就算是黃金釵兒、珍珠釵兒，又那及得上我親親劉師哥給我的一枝銀釵、銅釵、鐵釵？』劉大哥，你說這方姑娘可不挺胡塗麼？」

劉一舟聽了這番話，歡喜得口也合不攏來，問道：「怎麼……她怎麼半夜裏跟小郡主說的又是另一套？」

韋小寶道：「你半夜三更的，在她們房外偷聽說話，是不是？」劉一舟臉上微微一紅，道：「也不是偷聽，我夜裏起身小便，剛好聽見。」韋小寶道：「劉大哥，這可是你的不是了。你甚麼地方不好小便，怎地到方姑娘窗下去小便，那可不臭氣沖天，薰壞了兩位羞花閉月的姑娘？」劉一舟道：「是，是！後來我方師妹怎麼說？」

韋小寶道：「我肚子餓得很，沒力氣說話，你快去買些東西給我吃。我吃得飽飽地，你方師妹那些教人聽了肉麻之極的話，我才說得出口。」他只盼把劉一舟騙到市鎮之上，就可在人叢中溜走脫身。

劉一舟道：「甚麼教人聽了肉麻之極？方師妹正經得很，從來不說肉麻的話。」韋小寶道：「好罷，她正經得很，從來不說肉麻的話。她說：『我那親親劉師哥！』又說：『我那又體貼、又漂亮的劉師哥！』他媽的，你聽了不肉麻，我可越聽越難爲情。哼，也不害臊，說這種話！」劉一舟心花怒放，卻道：「不會罷？方師妹怎會說這等話？」韋小寶道：「好，好！算是我錯了。劉大哥，我要去找東西吃，失陪了。」說著站起身來。

劉一舟正聽得心癢難搔，如何肯讓他走，忙在他肩頭輕輕一按，道：「韋兄弟別忙走！我在路上買了幾張作乾糧的薄餅，你先吃了，說完話後，到前面鎮上，我再好好請你喝酒吃麵，跟你賠不是。」說著打開背上包裹，取了幾張薄餅出來。

韋小寶接了一張薄餅，撕了一片，在口中嚼了幾下，說道：「這餅鹹不鹹，酸不酸的，算甚麼玩意兒？你倒吃給我看看。」將那缺了一角的薄餅還給他。

劉一舟道：「這餅硬了，味道自然不大好，咱們對付著充充飢再說。」說著將餅撕下一片來吃了。

韋小寶道：「這幾張不知怎樣？」將幾張薄餅翻來翻去的挑選，翻了幾翻，說道：「他媽的尿急，小便了再來吃。」走到一棵大樹邊，轉過了身子，拉開褲子撒尿。

劉一舟目不轉睛的瞧著他，怕他突然拔足逃走。

韋小寶小便後，回過來坐在劉一舟身畔，又將幾張薄餅翻來翻去，終於挑了一張，撕開來吃。劉一舟追趕了大半天，肚子早已餓了，拿了一張薄餅也吃，一面吃，一面說道：「難道方師妹跟小郡主這麼說，是故意嘔我來著？」

韋小寶道：「我又不是你方師妹肚裏的蛔蟲，怎知道她的心思？你是她的親親好師哥，怎麼你不知道，反來問我？」劉一舟道：「好啦！剛才是我魯莽，得罪了你，你可別賣關子啦！」韋小寶道：「既這麼說，我跟你說眞心話罷。你方師妹十分美貌，我倘若不是太監，原想娶她做老婆的。不過就算我不娶她，只怕也輪不到你。」劉一舟急問：「爲甚麼？爲甚麼？」韋小寶道：「不用性急，再吃一張薄餅，我慢慢跟你說。」

劉一舟道：「他媽的，你說話總是吞吞吐吐，吊人胃口……」說到這裏，忽然身子晃了一晃。韋小寶道：「怎麼？不舒服麼？這餅子只怕不大乾淨。」劉一舟道：「甚麼？」站起身來，搖搖擺擺的轉了個圈子，突然摔倒在地。

韋小寶哈哈大笑，在他屁股上踢了一腳，說道：「咦！你的薄餅裏怎會有蒙汗藥？定是你想迷倒你師妹，卻自己胡裏胡塗的吃了。」劉一舟唔了一聲，已然人事不知。

韋小寶又踢了兩腳，見他全然不動，於是解下他腰帶褲帶，將他雙足牢牢綁住，又把他雙手反綁了。見大樹旁有塊石頭，用力翻開，露出一洞，下面是一堆亂石，將亂石一塊塊搬出，挖了個五尺來深的土洞，笑道：「老子今日活埋了你。」將他拖到洞中，豎直站著，將石塊泥土扒入洞中，使勁踏實，泥土直埋到他上臂，只露出了頭和肩膀。

韋小寶甚是得意，走到溪水旁，解下長袍浸濕了，回到劉一舟身前，扭絞長袍，將溪水淋在他頭上。

劉一舟給冷水一激，慢慢醒轉，一時不明所以，欲待掙扎，卻絲毫動彈不得。只見韋小寶抱膝坐在一旁，笑吟吟的瞧著自己，過了一陣，才明白著了他道兒，又掙了幾下，直是紋風不動，說道：「好兄弟，別開玩笑啦！」

韋小寶罵道：「直娘賊，老子有多少大事在身，跟你這臭賊開玩笑！」重重一腳踢去，踢得他右腮登時鮮血淋漓，又罵道：「方姑娘是我老婆，憑你也配想她？你這臭賊扭得老子好痛，又打我耳光，又用鞭子抽我，老子先割下你耳朵，再割你鼻子，一刀刀的炮製你。」說罷拔出匕首，俯下身子，用刃鋒在他臉上撇了兩撇。

劉一舟嚇得魂飛天外，叫道：「好兄……韋……韋兄弟，韋香主，請你瞧著沐王府的情分，高……高抬貴手。」韋小寶道：「我拚了性命，從皇宮裏救了你出來，你卻恩將仇報，居然想殺我，哼哼，憑你這點兒道行，也想來太歲頭上動土？你叫我瞧著沐王府的情分，剛才你拿住我時，怎地又不瞧著天地會的情分了？」劉一舟道：「確實是我不是，是在下錯了！請……請……請你大人大量。」

韋小寶道：「我要在你頭上割你媽的三百六十刀，方消我心頭之恨！」提起他辮子，一刀割去。那匕首鋒利無比，嗤的一聲，便將辮子切斷，再在他頭頂來回推動，片刻之間，頭髮紛落，已剃成個禿頭。韋小寶罵道：「死賊禿，老子一見和尚便生氣，非殺不可！」

劉一舟陪笑道：「韋香主，在下不是和尚。」韋小寶罵道：「你他媽的不是和尚，幹麼剃光了頭皮，前來蒙騙老爺？」劉一舟心道：「明明是你剃光了我頭髮，怎麼怪我？」但性命在他掌握之中，不敢跟他爭論，只得陪笑道：「千錯萬錯，都是小人不是，韋香主大人大量，別放在心上。」韋小寶道：「好，那麼我問你，方怡方姑娘是誰的老婆？」劉一舟道：「這個……這個……」

韋小寶大聲道：「甚麼這個那個？快說！」提起匕首，在他臉上揮來揮去。劉一舟心想好漢不吃眼前虧，這小鬼是個太監，讓他佔些口頭上便宜便了，否則他眞的一劍揮來，自己少了個鼻子或是耳朵，那可糟糕之極，忙道：「她……她自然是韋香主……是韋香主你的夫人。」韋小寶哈哈一笑，說道：「她，她是誰？你說得明白些。老子可聽不得和尙們含含糊糊的說話。」劉一舟道：「方怡方師妹，是你韋香主的夫人。」

韋小寶道：「好！咱們可得把話說明白了。你是不是我的朋友？」劉一舟聽他口氣鬆動，心中大喜，忙道：「小人本來不敢高攀。韋香主倘若肯將在下當作朋友，在下……在下自然是求之不得。」韋小寶道：「我把你當作朋友。江湖上朋友講義氣，是不是？」劉一舟忙道：「是，是。好朋友該當講義氣。」韋小寶道：「朋友妻，不可戲。以後你如再向我老婆賊頭賊腦，不三不四，那算甚麼？你發下一個誓來！」

劉一舟暗暗叫苦，心想又上了他當。韋小寶道：「你不說也不打緊，我早知你鬼鬼祟祟，不懷好意，一心想去勾搭我老婆。」劉一舟見他又舞動匕首，眼前白光閃閃，忙道：「沒有，沒有。對韋香主的夫人，在下決不敢心存歹意。」韋小寶道：「以後你如向方姑娘多瞧上一眼，多說一句話，那便怎樣？」劉一舟道：「那……那便天誅地滅。」韋小寶道：「那你便是烏龜王八蛋！」劉一舟苦著臉道：「對，對！」韋小寶道：「甚麼對？對你甚麼個屁？」將匕首尖直指上他右眼皮。劉一舟道：「以後我如再向方師妹多瞧上一眼，多說一句話，我……我便是烏龜王八蛋！」

韋小寶哈哈一笑，道：「既是這樣，便饒了你。先在你頭上淋一泡尿，這才放你。」說著將匕首插入靴筒，雙手去解褲帶。

突然之間，樹林中一個女子聲音喝道：「你……你怎可欺人太甚！」

韋小寶聽得是方怡的聲音，又驚又喜，轉過頭去，只見林中走出三個人來，當先一人正是方怡，其後是沐劍屏和徐天川。隔了一會，又走出二人，卻是吳立身和敖彪。他五人躲在林中已久，早將韋劉二人的對答聽得清清楚楚，眼見韋小寶要在劉一舟頭頂撒尿，結下永不可解的深怨，方怡忍不住出聲喝止。

韋小寶笑道：「原來你們早在這裏了，瞧在吳老爺子面上，這泡尿免了罷。」

徐天川急忙過去，雙手扒開劉一舟身畔的石塊泥土，將他抱起，解開綁在他手腳上的腰帶褲帶。劉一舟羞愧難當，低下了頭，不敢和衆人目光相接。

吳立身鐵青了臉，說道：「劉賢姪，咱們的性命是韋香主救的，怎地你恩將仇報，以大欺小，對他又打又罵，又扭他手臂？你師父知道了，會怎麼說？」一面說，一面搖頭，語氣甚是不悅，又道：「咱們在江湖上混，最講究的便是『義氣』兩字，怎麼可以爭風吃醋，對好朋友動武？忘恩負義，那是連豬狗也不如！」說著「呸」的一聲，在地下吐了口唾沫。他越說越氣，又道：「昨晚你半夜裏這麼火爆霹靂的衝了出來，大夥兒就知道不對，一路上尋來，你將韋香主打得臉頰紅腫，又扭住他手臂，用劍尖指著他咽喉，倘若一個失手，竟然傷了他性命，那怎麼辦？」

劉一舟氣憤憤的道：「一命抵一命，我賠還他一條性命便是。」

吳立身怒道：「嘿，你倒說得輕鬆自在，你是甚麼英雄好漢了？憑你一條命，抵得過人家天地會十大香主之一的韋香主？再說，你這條命是那來的？還不是韋香主救的？你不感恩圖報，人家已經要瞧你不起，居然膽敢向韋香主動手？」

劉一舟給韋小寶逼得發誓賭咒，當時命懸人手，不得不然，此刻身得自由，想到這些言語都已給方怡聽了去，委實羞憤難當，吳立身雖是師叔，但聽他嘮嘮叨叨的教訓個不休，不由得老羞成怒，把心一橫，惡狠狠的道：「吳師叔，事情是做下來了，人家姓韋的可沒傷到一根寒毛。你老人家瞧著要怎麼辦，就怎麼辦罷！」

吳立身跳了起來，指著他臉，叫道：「劉一舟，你對師叔也這般沒上沒下。你要跟我動手，是不是？」劉一舟道：「我沒說，也不是你的對手。」吳立身更加惱怒，厲聲道：「倘若你武功勝得過我，那就要動手了，是不是？你在清宮中貪生怕死，一聽到要殺頭，忙不迭的大聲求饒，趕著自報姓名。我顧著柳師哥的臉面，這件事才絕口不提。哼，哼！你不是我弟子，算你運氣。」那顯然是說，你如是我弟子，早就一刀殺了。

劉一舟聽他揭破自己在清宮中膽怯求饒的醜態，低下了頭，臉色蒼白，默不作聲。

韋小寶見自己佔足了上風，笑道：「好啦，好啦，吳老爺子，劉大哥跟我大家鬧著玩，當不得眞，我向你討個情，過去的事，別跟柳老爺子說。」

吳立身道：「韋香主這麼吩咐，自當照辦。」轉頭向劉一舟道：「你瞧，人家韋香主畢竟是做大事的，度量何等寬大。」

韋小寶向方怡和沐劍屛笑道：「你們怎麼也到這裏來啦？」方怡道：「你過來，我有句話跟你說。」韋小寶笑嘻嘻的走近。劉一舟見方怡當著衆人之前，對韋小寶如此親熱，手按刀柄，忍不住要拔刀上前拚命。忽聽得啪的一聲響，韋小寶已吃了記熱辣辣的耳光。

韋小寶吃了一驚，跳開數步，手按面頰，怒道：「你……你幹麼打人？」

方怡柳眉豎起，脹紅了臉，怒道：「你拿我當甚麼人？你跟劉師哥說甚麼了？背著人家，拿我這麼蹧蹋輕賤？」韋小寶道：「我可沒說甚麼不……不好的話。」方怡道：「還說沒有呢，我一句句都聽見了。你……你……你們兩個都不是好人。」又氣又急，流下淚來。

徐天川心想這些小兒女們胡鬧，算不得甚麼大事，可別又傷了天地會和沐王府的和氣，當下哈哈大笑，說道：「韋香主和劉師兄都吃了點小虧，就算扯了個直。徐老頭可餓得狠了，咱們快找飯店，吃喝個痛快。」

突然間一陣東北風吹過，半空中飄下一陣黃豆般的雨點來。徐天川抬頭看天，道：「這時候平白無端的下這陣頭雨，可眞作怪。」眼見一團團烏雲從東北角湧將過來，又道：「這雨只怕不小，咱們得找個地方躲雨。」

七人沿著大道向西行去。方怡、沐劍屏傷勢未愈，行走不快。那雨越下越大，偏生一路上連一間農舍、一座涼亭也無，過不多時，七人都已全身濕透。韋小寶笑道：「大夥兒慢慢走罷，走得快是落湯鷄，走得慢是落湯鴨，反正都差不多。」

七人又行了一會，聽得水聲，來到一條河邊，見溯河而上半里處有座小屋。七人大喜，加快了腳步，行到近處，見那小屋是座東歪西倒的破廟，但總是個避雨之處，雖然破敗，卻也聊勝於無。廟門早已爛了，到得廟中，觸鼻盡是霉氣。

方怡行了這一會，胸口傷處早已十分疼痛，不由得眉頭緊蹙，咬住了牙關。徐天川拆了些破桌破椅，生起火來，讓各人烤乾衣衫。天上黑雲越聚越濃，雨下得越發大了。徐天川從包裹中取出乾糧麵餅，分給衆人。

劉一舟將辮根塞在帽子之中，勉強拖著一條辮子。韋小寶笑吟吟的對他左瞧右瞧。

沐劍屏笑問韋小寶：「剛才你在劉師哥的薄餅之中，做了甚麼手腳？」韋小寶瞪眼道：「沒有啊，我做甚麼手腳？」沐劍屏道：「哼，還不認呢？怎地劉師哥會中蒙汗藥暈倒？」韋小寶道：「他中了蒙汗藥麼？甚麼時候？我怎麼不知道？我瞧不會罷，他可不是好端端的坐著烤火？」沐劍屏呸了一聲，佯嗔道：「就會假痴假呆，不跟你說了。」

方怡在一旁坐著，也滿心疑惑。先前劉一舟抓住韋小寶等情狀，她們只遠遠望見，看不眞切，後來劉韋二人並排坐在樹下說話，她們已躡手躡腳的走近，躲在樹林裏，眼見一張張薄餅都是劉一舟從包裹中取出，他又一直目不轉睛的盯著韋小寶，防他逃走，怎麼一轉眼間就會昏迷暈倒？

韋小寶笑道：「說不定劉師兄有羊吊病，突然發作，人事不知。」

劉一舟大怒，霍地站起，指著他喝道：「你……你這小……」

方怡瞪了韋小寶一眼，道：「你過來。」韋小寶道：「你又要打人，我才不過來呢。」方怡道：「你不可再說損劉師哥的話，小孩子家，也不修些口德。」韋小寶伸了伸舌頭，便不說話了。劉一舟見方怡兩次幫著自己，心下甚是受用，尋思：「這小鬼又陰又壞，方師妹畢竟還是對我好。」

天色漸漸黑了下來。七人圍著一團火坐地，破廟中到處漏水，極少乾地。突然間韋小寶頭頂漏水，水點一滴滴落向他肩頭。他向左讓了讓，但左邊也有漏水。方怡道：「你過來，這邊不漏水。」頓了一頓，又道：「不用怕，我不打你。」韋小寶一笑，坐到她身側。

方怡湊嘴到沐劍屏耳邊，低聲說了幾句話，沐劍屏咭的一笑，點點頭，湊嘴到韋小寶耳邊，低聲道：「方師姊說，她跟你是自己人，這才打你管你，叫你別得罪了劉師哥，問你懂不懂她的意思？」韋小寶在她耳邊低聲道：「甚麼自己人？我可不懂。」沐劍屏將話傳了過去。方怡白了他一眼，向沐劍屏道：「我發過的誓，賭過的咒，永遠作數，叫他放心。」沐劍屏又將話傳過。

韋小寶在沐劍屏耳邊道：「方姑娘跟我是自己人，那麼你呢？」沐劍屏紅暈上臉，呸的一聲，伸手打他。韋小寶笑著側身避過，向方怡連連點頭。方怡似笑非笑，似嗔非嗔，火光照映之下，說不盡的嬌美。韋小寶聞到二女身上淡淡香氣，心下大樂。

劉一舟所坐處和他三人相距頗遠，伸長了脖子，隱隱約約的似乎聽到甚麼「劉師哥」，甚麼「自己人」，此外再也聽不到了。瞧他三人嘻嘻哈哈，神態親密，顯是將自己當做了外人，忍不住又妒恨交作。

方怡又在沐劍屏耳邊低聲道：「你問他，到底使了甚麼法兒，才將劉師哥迷倒。」韋小寶見方怡一臉好奇之色，終於悄悄對沐劍屏說了：「我小便之時，背轉了身子，左手中抓了一把蒙汗藥，回頭去翻揀薄餅，餅上自然塗了藥粉。我吃的那張餅，只用右手拿，左手全然不碰。這可懂了嗎？」沐劍屏道：「原來如此。」傳話之後，方怡又問：「你那裏來的蒙汗藥？」韋小寶道：「宮裏侍衛給的，救你劉師哥，用的就是這些藥粉。」韋小寶小便之時，方怡、沐劍屏都不便瞧他，他手抓蒙汗藥、以蒙汗藥沾上薄餅，她們自沒發覺。這時大雨傾盆，在屋面上打得嘩啦啦急響，韋小寶的嘴唇直碰到沐劍屏耳朵，所說的話才能聽到。

劉一舟心下焦躁，霍地站起，背脊重重在柱子上一靠，突然喀喇喇幾聲響，頭頂掉下幾片瓦來。這座破廟早已朽爛，給大雨一浸、北風一吹，已然支撐不住，跟著一根根椽子和瓦片磚泥紛紛跌落。徐天川叫道：「不好，這廟要倒，大家快出去。」

七人奔出廟去，沒走得幾步，便聽得轟隆隆一聲巨響，廟頂塌了一大片，跟著又有半堵牆倒下。

便在此時，只聽得馬蹄聲響，十餘騎馬自東南方疾馳而來，片刻間奔到近處，黑暗中影影綽綽，馬上都騎得有人。

一個蒼老的聲音說道：「啊喲，這裏本來有座小廟可以躲雨，偏偏又倒了。」另一人大聲問道：「喂，老鄉，你們在這裏幹甚麼？」徐天川道：「我們在廟裏躲雨，這廟塌了下來，險些兒都給壓死了。」馬上一人罵道：「他媽的，落這樣大雨，老天爺可不是瘋了。」另一人道：「趙老三，除了這小廟，附近一間屋都沒有？有沒山洞甚麼的？」

那蒼老的聲音道：「有……有是有的，不過也同沒有差不多。」一名漢子罵道：

「你奶奶的，到底有是沒有？」那老頭道：「這裏向西北，山坳中有一座鬼屋，是有惡鬼的，誰也不敢去，那不是跟沒有差不多？」

馬上衆人大聲笑罵起來：「老子才不怕鬼屋哩！有惡鬼最好，揪了出來當點心。」又有人喝道：「快領路！又不是洗澡，在這大雨裏泡著，你道滋味好得很麼？」趙老三道：「各位爺們，老兒沒嫌命長，可不敢去了。我勸各位也別去罷。這裏向北，再行三十里，便有市鎮。」馬上衆人都道：「這般大雨，怎再挨得三十來里？咱們這許多人，還怕甚麼鬼？」趙老三道：「好罷，大夥兒向西北，拐個彎兒，沿山路進坳，就只一條路，不會錯的……」衆人不等他說完，已縱馬向西北方馳去。趙老三騎的是頭驢子，微一遲疑，拉過驢頭，回頭向東南方來路而去。

徐天川道：「吳二哥、韋香主，咱們怎麼辦？」吳立身道：「我看……」但隨即想起，該當由韋小寶出主意才是，跟著道：「請韋香主吩咐，該當如何？」韋小寶怕鬼，只說不出口，道：「吳老爺子說罷，我可沒甚麼主意。」吳立身道：「惡鬼甚麼，都是鄉下人胡說八道。就算眞的有鬼，咱們也跟他拚上一拚。」韋小寶道：「有些鬼是瞧不見的，等到瞧見，已經來不及啦。」言下顯然是怕鬼。

劉一舟大聲道：「怕甚麼妖魔鬼怪？在雨中再淋得半個時辰，人人都非生病不可。」

韋小寶見沐劍屏不住發顫，確是難以支持，又不願在方怡面前示弱，輸給了劉一舟，便道：「好，大夥兒這就去罷！倘若見到惡鬼，可須小心！」

七人依著那趙老三所說，向西北走進了山坳，黑暗中卻尋不到道路，但見樹林中白茫茫地，有一條小瀑布衝下來。韋小寶道：「尋不到路，叫做『鬼打牆』，這是惡鬼在迷人。」徐天川道：「這片水就是路了，山水沿著小路流下來。」吳立身道：「正是！」踏著瀑布走上坡去。餘人跟隨而上，爬上山坡。

忽聽得左首樹林中有馬嘶聲，知道那十幾個騎馬漢子便在那邊。徐天川心想：「這批人不知是甚麼來頭。」但想自己和吳立身聯手，尋常武師便有幾十人也不放在心上，當下踏水尋路，高一腳低一腳的向林中走去。

一到林中，更加黑了，只聽得前面嘭嘭嘭敲門，果然有屋。韋小寶又驚又喜，忽覺有人伸手過來，拉住了他手。那手掌軟綿綿地，跟著耳邊有人柔聲道：「別怕！」正是方怡。

但聽敲門之聲不絕，始終沒人開門。七人走到近處，只見黑沉沉的一大片屋子。一眾騎馬人大聲叫嚷：「開門，開門！避雨來的！」叫了好一會，屋內半點動靜也無。一人道：「沒人住的！」另一人道：「趙老三說是鬼屋，誰敢來住？跳進牆去罷！」白光閃動，兩人拔出兵刃，跳進牆去，開了大門。眾人一擁而進。

徐天川心想：「這些人果是武林中的，看來武功也不甚高。」七人跟著進去。

大門裏面是個好大的天井，再進去是座大廳。有人從身邊取出油包，解開來取出火刀火石，打著了火，見廳中桌上有蠟燭，便去點燃了。衆人眼前突現光亮，都一陣喜慰，見廳上陳設著紫檀木的桌椅茶几，竟是大戶人家的氣派。

徐天川心下嘀咕：「桌椅上全無灰塵，地下打掃得這等清潔，屋裏怎會沒人？」只聽一名漢子說道：「這廳上乾乾淨淨的，屋裏有人住的。」另一人大聲嚷道：「喂，喂，屋裏有人嗎？屋裏有人嗎？」大廳又高又大，他大聲叫嚷，隱隱竟有回聲。

回聲一止，四下除了大雨之聲，竟無其他聲息。衆人面面相覷，都覺頗爲古怪。

一名白髮老者問徐天川：「你們幾位都是江湖上朋友麼？」徐天川道：「在下姓許，這幾個有的是家人，有的是親戚，要去山西探親，不想遇上了這場大雨。達官爺貴姓？」那老者點了點頭，見他們七人中有老頭，有小孩，又有女子，也不起疑心，卻不答他問話，說道：「這屋子可有點兒古怪。」

又有一名漢子叫道：「屋裏有人沒有？都死光了嗎？」停了片刻，仍無人回答。

那老者坐在椅上，指著六個人道：「你們六個到後面瞧瞧去！」六名漢子拔兵刃在手，向後進走去。六人微微弓腰，走得甚慢，神情頗爲戒懼。耳聽得踢門聲、喝問聲不斷傳來，並無異狀，聲音越去越遠，顯然屋子極大，一時走不到盡頭。那老者指著另外四人道：「找些木柴來點幾個火把，跟著去瞧瞧。」那四人奉命而去。

韋小寶等七人坐在大廳長窗的門檻上，誰也不開口說話。徐天川見那羣人中有十人走向後進，廳上尚有八人，穿的都是布袍，瞧模樣似是甚麼幫會的幫衆，又似是鏢局的鏢客，卻沒押鏢，一時摸不清他們路子。

韋小寶忍不住道：「姊姊，你說這屋裏有沒有鬼？」方怡還沒回答，劉一舟搶著說道：「當然有鬼！甚麼地方沒死過人？死過人就有鬼。」韋小寶打了個寒噤，身子一縮。

劉一舟道：「天下惡鬼都欺善怕惡，專迷小孩子。大人陽氣盛，吊死鬼啦，大頭鬼啦，就不敢招惹大人。」

方怡從衣襟底下伸手過去，握住了韋小寶左手，說道：「人怕鬼，鬼更怕人呢。一有火光，鬼就逃走了。」

只聽得腳步聲響，先到後面察看的六名漢子回到廳上，臉上神氣透著十分古怪，七嘴八舌的說道：「一個人也沒有，可是到處打掃得乾乾淨淨的。」「床上鋪著被褥，床底下有鞋子，都是娘兒們的。」「衣櫃裏放的都是女人衣衫，男人衣服卻一件也沒有！」

劉一舟大聲叫道：「女鬼！一屋子都是女鬼！」衆人一齊轉頭瞧著他，一時之間，誰都沒作聲。

突然聽得後面四人怪聲大叫，那老者一躍而起，正要搶去後面接應，那四人已奔入大廳，手中火把都已熄滅，叫道：「死人，死人眞多！」臉上盡是驚惶之色。

那老者沉著臉道：「大驚小怪的，我還道是遇上了敵人呢。死人有甚麼可怕？」一名漢子道：「不是可怕，是……是希奇古怪。」那老者道：「甚麼希奇古怪？」另一名漢子道：「東邊一間屋子裏，都……都是死人靈堂，也不知共有多少。」那老者沉吟道：「有沒死人和棺材？」兩名漢子對望了一眼，齊道：「沒……沒瞧清楚，好像沒有。」

那老者道：「多點幾根火把，大夥兒瞧瞧去。說不定是座祠堂，那也平常得緊。」他雖說得輕描淡寫，但語氣中也顯得大爲猶豫，似乎明知祠堂並非如此。

他手下衆漢子便在大廳上拆桌拆椅，點成火把，擁向後院。

徐天川道：「我去瞧瞧，各位在這裏待著。」跟在衆人之後走了進去。

敖彪問道：「師父，這些人是甚麼路道？」吳立身搖頭道：「瞧不出，聽口音似乎是魯東、關東一帶的人，不像是六扇門的鷹爪。莫非是私梟？可又沒見帶貨。」

劉一舟道：「那一夥人也沒甚麼大不了，倒是這屋中的大批女鬼，可厲害著呢！」說著向韋小寶伸了伸舌頭。韋小寶打了個寒噤，緊緊握住了方怡的手，自己掌心中盡是冷汗。沐劍屏顫聲道：「劉……劉師哥，你別老嚇人，好不好？」劉一舟道：「小郡主，你不用躭心，你是金枝玉葉，甚麼惡鬼見了你都遠遠避開，不敢侵犯。惡鬼最憎的，就是不男不女的太監。」方怡柳眉一軒，臉有怒色，待要說話，卻又忍住了。

過了好一會，才聽得腳步聲響，衆人回到大廳。韋小寶吁了口長氣，心下略寬。徐天川低聲道：「七八間屋子裏，共有三十來座靈堂，每座靈堂上都供了五六個、七八個牌位，看來每座靈堂上供的是一家死人。」劉一舟道：「嘿嘿，這屋裏豈不是有幾百個惡鬼？」徐天川搖了搖頭，他見多識廣，可從未聽見過這等怪事，過了一會，緩緩的道：「最奇怪的是，靈堂前都點了蠟燭。」韋小寶、方怡、沐劍屏三人同時驚叫出來。

一名漢子道：「我們先前進去時，蠟燭明明沒點著。」那老者問道：「你們沒記錯？」四名漢子你瞧瞧我，我瞧瞧你，都搖了搖頭。那老者道：「不是有鬼，咱們遇上了高人。頃刻之間，將三十幾座靈堂中的蠟燭都點燃了，這身手可也眞敏捷得很。許老爺子，你說是不是呢？」最後這句話是向著徐天川而說。徐天川假作痴呆，說道：「咱們恐怕衝撞了屋主，不……不妨到靈堂前磕……磕幾個頭。」

雨聲之中，東邊屋中忽然傳來幾下女子啼哭，聲音甚是淒切。靜夜之中，雖然大雨淅瀝，這幾下哭聲仍聽得淸淸楚楚。

韋小寶只嚇得張口結舌，臉色大變。

衆人面面相覷，都不禁毛骨悚然。過了片刻，西邊屋中又傳出女子悲泣之聲。劉一舟、敖彪，以及兩名漢子齊聲叫道：「鬼哭！」

那老者哼的一聲，突然大聲道：「我們路經貴處，到此避雨，擅闖寶宅，特此謝過。賢主人可肯賜見麼？」這番話中氣充沛，遠遠送了出去。過了良久，後面沒絲毫動靜。

那老者搖了搖頭，大聲道：「這裏主人既不願接見俗客，咱們可不能擅自騷擾。便在廳上避一避雨，一等天明雨停，大夥兒儘快動身。」說著連打手勢，命眾人不可說話，側耳傾聽，過了良久，不再聽到啼哭之聲。

一名漢子低聲道：「章三爺，管他是人是鬼，一等天明，一把火，把這鬼屋燒成他媽的一片白地。」那老者搖手道：「咱們要緊事情還沒辦，不可另生枝節。坐下來歇歇罷！」眾人衣衫盡濕，便在廳上生起火來。有人取出個酒葫蘆，拔開塞子，遞給那老者喝酒。

那老者喝了幾口酒，斜眼向徐天川瞧了半晌，說道：「許老爺子，你們幾個是一家人嗎？怎地口音不同？你是京城裏的，這幾位卻是雲南人？」

徐天川笑道：「老爺子好耳音，果然是老江湖了。我大妹子嫁在雲南，這位是我妹夫。」說著向吳立身一指，又道：「我妹夫、外甥他們都是雲南人。我二妹子可又嫁在山西。天南地北的，十幾年也難得見一次面。我們這次是上山西探我二妹子去。」他說吳立身是他的妹夫，那是客氣話，當時北方習俗，叫人大舅子、小舅子便是罵人。

那老者點了點頭，喝了口酒，斜著眼睛道：「幾位從北京來？」徐天川道：「正是。」那老者道：「在道上可見到一個十三四歲的小太監嗎？」

此言一出，徐天川等心中都是一凜，幸好那老者只注視著他，而徐天川臉上神色不露，敖彪、沐劍屏臉上變色，旁人卻未曾留意。徐天川道：「你說太監？北京城裏，老的小的，太監可多得很啊，一出門總撞到幾個。」那老者道：「我問你在道上可曾看到，不是說北京城裏。」徐天川笑道：「老爺子，你這話可不在行啦。大清的規矩，太監一出京城，就犯死罪。太監們可不像明朝那樣威風了。現下有那個太監敢出京城一步？」

那老者「哦」了一聲，道：「說不定他改了裝呢？」

徐天川連連搖頭，說道：「沒這個膽子，沒這個膽子！」頓了一頓，問道：「老爺子，你找的是怎麼個小太監？等我從山西探了親，回到京城，也可幫你打聽打聽。」

那老者道：「哼哼，多謝你啦，就不知有沒那麼長的命。」說著閉目不語。

徐天川心想：「他打聽一個十三四歲的小太監，那不是衝著韋香主嗎？這批人既不是天地會，又不是沐王府的，十之八九，沒安著善意，可得查問明白。他不惹過來，我們倒要惹他一惹。」說道：「老爺子，北京城裏的小太監，只有一位大大出名。他大名兒傳遍了天下，想來你也聽到過，那便是殺了奸臣鰲拜、立了大功的那一位。」那老者睜開眼來，道：「嗯，你說的是小桂子桂公公？」徐天川道：「不是他還有誰呢？這人有膽有勇，武藝高強，實在了不起！」那老者道：「這人相貌怎樣？你見過他沒有？」

徐天川道：「哈，這桂公公天天在北京城裏蹓躂，北京人沒見過他的，只怕沒幾個。這桂公公又黑又胖，是個胖小子，少說也有十七八啦，說甚麼也不信他只十四歲。」

方怡握著韋小寶的手掌緊了一緊，沐劍屏的手肘在他背心輕輕一撞，都暗暗好笑。韋小寶本來一直在怕鬼，聽那老者問起了自己，心下盤算，將怕鬼的念頭便都忘了。

那老者道：「是麼？我卻聽人說，這桂公公只是個十三四歲的小小孩童，就是狡猾機伶，只怕跟你那個外甥倒有三分相像，哈哈，哈哈！」說著向韋小寶瞧去。

劉一舟忽道：「聽說那小桂子卑鄙無恥，最會使蒙汗藥。他殺死鰲拜，便是先用藥迷倒的，否則這小賊又膽小，又怕鬼，怎殺得了鰲拜？」向韋小寶笑吟吟的道：「表弟，你說是不是呢？」

吳立身大怒，反手一掌，向他臉上打去。劉一舟低頭避開，左足一彈，已站了起來。吳立身這反手一掌，乃是一招「碧鷄展翅」，劉一舟閃避彈身，使的是招「金馬嘶風」，都是「沐家拳」招式。一個打得急，一個避得快，不知不覺間都使出了本門拳法。

那姓章老者霍地站起，笑道：「好啊，衆位喬裝改扮得好！」他這一站，手下十幾人跟著都跳起身來。那老者喝道：「都拿下了！一個都不能放走。」

吳立身從懷中抽出短刀，大頭向左一搖，砍翻了一名漢子，向右一搖，又一名漢子咽喉中刀倒地。

那老者雙手在腰間摸出一對判官筆，雙筆互擦，發出滋滋之聲，雙筆左點吳立身咽喉，右取徐天川胸口，以一攻二，身手快捷。徐天川向右一衝，左手向一名大漢眼中抓去。那大漢後仰急避，手中單刀已給奪去，腰間一痛，自己的刀已斬入了自己肚子。那邊敖彪也已跟人動上了手。劉一舟微一遲疑，解下軟鞭，上前廝殺。對方雖然人多，但只那老者和吳立身鬥了個旗鼓相當，餘下衆人都武功平平。

韋小寶看出便宜，心想：「只要不碰那老甲魚，其餘那些我也可對付對付。」握匕首在手，便欲衝上。方怡一把拉住，說道：「咱們贏定了，不用你幫手。」韋小寶心道：「我知道贏定了，這才上前哪。倘若輸定，還不快逃？」

忽聽得滋滋連聲，那老者已跳在一旁，兩枝判官筆相互磨擦，他手下衆人齊往他身後擠去，迅速之極的排成一個方陣。這些人只幾個箭步，便各自站定了方位，十餘人既不推擁，亦無碰撞，足見平日習練有素，在這件事上著實花過了不少功夫。

徐天川和吳立身都吃了一驚，退開幾步。敖彪奮勇上前，突然間方陣中四刀齊出，二斬其肩，二砍其足，配合得甚是巧妙，中間二桿槍則架開了他砍去的一刀。敖彪「啊」的一聲叫，肩頭中刀。

吳立身急叫：「彪兒後退！」敖彪向後躍開。頃刻之間，戰局勝負之勢突然逆轉。

徐天川站在韋小寶和二女身前相護，察看對方這陣法如何運用。只見那老者右手舉起判官筆，高聲叫道：「洪教主萬年不老，永享仙福！壽與天齊，壽與天齊！」那十餘名漢子一齊舉起兵刃，大呼：「洪教主壽與天齊，壽與天齊！」聲震屋瓦，狀若顛狂。

徐天川心下駭然，不知他們在搗甚麼鬼。韋小寶聽了「洪教主」三字，驀地裏記起陶紅英懼怕已極的神色與言語，脫口而出：「神龍教！他們是神龍教的！」

那老者臉上變色，說道：「你知道神龍教的名頭！」高舉右手，又呼：「洪教主神通廣大。我教戰無不勝，攻無不克，無堅不摧，無敵不破。敵人望風披靡，逃之夭夭！」

徐天川等聽得他們每唸一句，心中就是一凜，但覺這些人的行爲希奇古怪，從所未有，臨敵之際，居然大聲唸起書來，都相顧駭然，不明所以。

韋小寶叫道：「這些人會唸咒，別上了他們當！大夥兒上前殺啊！」

卻聽那老者和衆人越唸越快，已不再是那老者唸一句，衆人跟一句，而是十餘人齊聲唸誦：「洪教主神通護祐，衆弟子勇氣百倍，以一當百，以百當萬。洪教主神目如電，燭照四方。我弟子殺敵護教，洪教主親加提拔，升任聖職。我教弟子護教而死，同升天堂！」突然間縱聲呼叫，那方陣疾衝過來。

吳立身、徐天川等挺兵刃相迎，可是那陣法實在太過怪異，陣中每人的兵刃都是從匪夷所思的方位砍殺出來。不數合間，敖彪和劉一舟已遭砍倒，跟著韋小寶、方怡、沐劍屏也都給一一打倒。方怡傷腿，沐劍屏傷臂。韋小寶背心上給戳了一槍，幸好有寶衣護身，這一槍沒戳入體內，但來勢太沉，立足不定，俯身跌倒。過不多時，吳立身和徐天川也先後受傷。那老者接連出指，點了各人身上要穴。

眾漢子齊聲呼叫：「洪教主神通廣大，壽與天齊，壽與天齊！」呼喊聲畢，突然一齊坐倒，各人額頭汗水有如泉湧，呼呼喘氣，顯得疲累不堪。這一戰不到一盞茶時分便分勝敗，但這些人一陣大呼，卻如激鬥了好幾個時辰一般。

韋小寶心中連珠價叫苦，尋思：「這些人原來都會妖法，無怪陶姑姑一提到神龍教，便嚇得甚麼似的，果然神通廣大。」

那老者坐在椅上閉目養神，過了好一會才站起身來，抹去了額頭汗水，在大廳上走來走去，又過了好一會，他手下眾人紛紛站起。

那老者向著徐天川等道：「你們一起跟著我唸！聽好了，我唸一句，你們跟一句：洪教主神通廣大，壽與天齊！」

徐天川罵道：「邪魔歪道，裝神弄鬼，要老子跟著搗鬼，做你娘的清秋大夢！」那老者提起判官筆，在他額頭一擊，蓼的一聲，鮮血長流。徐天川罵道：「狗賊，妖人！」

那老者問吳立身：「你唸不唸？」吳立身未答先搖頭。那老者提起判官筆，也在他額頭一擊，再問敖彪時，敖彪罵道：「你奶奶的壽與狗齊！」那老者大怒，判官筆擊下時用力甚重，敖彪立時暈去。吳立身喝道：「彪兒好漢子！你們這些只會搞妖法的傢伙，他媽的，有種就把我們都殺了。」

那老者舉起判官筆，向劉一舟道：「你唸不唸？」劉一舟道：「我……我……我……」那老者道：「你說：洪教主神通廣大，壽與天齊！」劉一舟道：「洪教主……洪教主……」那老者將判官筆的尖端在他額頭輕輕一戳，喝道：「快唸！」劉一舟道：「是，是，洪教主……洪教主壽與天齊！」

那老者哈哈大笑，說道：「畢竟識時務的便宜，你這小子少受了皮肉之苦。」走到韋小寶面前，喝道：「小鬼頭，你跟著我唸。」韋小寶道：「用不著你唸。」那老者怒道：「甚麼？」舉起了判官筆。

韋小寶大聲唸道：「韋教主神通廣大，壽與天齊，永享仙福。韋教主戰無不勝，勝無不戰，韋教主攻無不克，克無不攻。韋教主提拔你們大家，大家同升天堂……」他把韋教主這個「韋」字說得含含糊糊，只是鼻孔中這麼一哼，那老者卻那知他弄鬼，只道他說的是「洪教主」，聽他這麼一連串的唸了出來，哈哈大笑，讚道：「這小孩兒倒挺乖巧。」

他走到方怡身前，摸了摸她下巴，道：「唔，小妞兒相貌不錯，乖乖跟我唸罷。」方怡將頭一扭，道：「不唸！」那老者舉起判官筆欲待擊下，燭光下見到她嬌美的面龐，心有不忍，將筆尖對準她面頰，大聲道：「你唸不唸？你再說一句『不唸』，我便在你臉蛋上連劃三筆。」方怡倔強不唸，但「不唸」二字，卻也不敢出口。那老者道：

「到底唸不唸？」

韋小寶道：「我代她唸罷，包管比她自己唸的還要好聽。」那老者道：「誰要你代？」提起判官筆，在方怡肩頭一擊。方怡痛得「啊」的一聲，叫了出來。

忽有一人笑道：「章三爺，這妞兒倘若不唸，咱們便剝她衣衫。」餘人齊叫：「妙極，妙極！這主意不錯。」

劉一舟忽道：「你們幹麼欺侮這姑娘？你們要找的那小太監，我就知道在那裏。」那老者忙問：「你知道？在那裏？快說，快說！」劉一舟道：「你答允不再難為這姑娘，我便跟你說，否則你就殺了我，我也不說。」方怡尖聲道：「師哥，不用你管我。」那老者笑道：「好，我答允你不難為這姑娘。」劉一舟道：「你說話可要算數。」那老者道：「我姓章的說過了話，自然算數。那小太監，就是擒殺鰲拜、皇帝十分寵幸的小桂子，你當眞知道他在那裏？」

劉一舟道：「遠在天邊，近在眼前！」

那老者跳起身來，指著韋小寶，道：「就……就是他？」臉上一副驚喜交集之色。

方怡道：「憑他這樣個孩子，怎殺得了鰲拜，你莫聽他胡說八道。」劉一舟道：「是啊，若不是使蒙汗藥，怎殺得了滿洲第一勇士鰲拜？」

那老者將信將疑，問韋小寶道：「鰲拜是不是你殺的？」韋小寶道：「是我殺的，便怎樣？不是我殺的，又怎樣？」那老者罵道：「你奶奶的，我瞧你這小鬼頭就是有點兒邪門。身上搜一搜再說。」當下便有兩名漢子過來，解開韋小寶背上的包袱，將其中物事一件件放在桌上。

那老者見到珠翠金玉諸種寶物，說道：「這當然是皇宮裏的物事，咦……這是甚麼？」拿起一疊厚厚的銀票，見每張不是五百兩，便是一千兩，總共不下數十萬兩，不由得呆了，道：「果然不錯，果然不錯，你……你便是小桂子。帶他到那邊廂房去細細查問。」

方怡急道：「你們……你們別難爲他。」沐劍屏「哇」的一聲，哭了出來。一名漢子抓住韋小寶後領，兩人捧起了桌上諸種物事，另一人持燭台前導，走進後院東邊廂房。那老者揮手道：「你們都出去！」四名漢子出房，帶上了房門。

那老者喜形於色，不住搓手，在房中走來走去，笑道：「踏破鐵鞋無覓處，得來全不費功夫。小桂子公公，今日跟你在這裏相會，當眞三生有幸。」

韋小寶笑道：「在下跟你老爺子在這裏相會，那是六生有幸，九生有幸。」他想東西都給他搜了出來，抵賴再也無用，只得隨機應變，且看混不混得過去。

那老者一怔，說道：「甚麼六生有幸、九生有幸？桂公公，你大駕這是去五台山清涼寺罷？」

韋小寶不由得一驚：「老王八甚麼都知道了，那可不容易對付。」笑吟吟的道：「尊駕武功既高，唸咒的本事又勝過了茅山道士。你們神龍教名揚天下，果然有些道理。在下聞名已久，今日親眼目睹，佩服之至。」隨口把話頭岔開，不去理會他的問話。

那老者問道：「神龍教的名頭，你從那裏聽來的？」

韋小寶信口開河：「我是從平西王吳三桂的兒子吳應熊那裏聽來的。他奉了父親之命，到北京朝貢，他手下有個好漢，名叫楊溢之，又有許多遼東金頂門的高手。他們商量著要去剿滅神龍教，說道神龍教有位洪教主，神通廣大，手下能人極多。他教下有人在鑲藍旗旗主那裏辦事，得了一部《四十二章經》，那可厲害得很了。」他精通說謊的訣竅，知道不用句句都假，九句眞話中夾一句假話，騙人就容易得多。

那老者越聽越奇，吳應熊、楊溢之這兩人的名頭，他是聽見過的。他教中一位重要人物在鑲藍旗旗主手下任職，那是教中的機密大事，他自己也是直到一個多月之前，才在無意之間得知，隱隱約約又曾聽到過《四十二章經》這麼一部經書，但其中底細，卻全然不曉，忙問：「平西王府跟我們神龍教無怨無仇，幹麼要來惹事生非？說到『剿滅』，當眞是不知死活了。」

韋小寶道：「吳應熊他們說，平西王府跟神龍教自然無怨無仇，說到洪教主的本事，大家還是很佩服的。不過神龍教既然得了《四十二章經》，這是至寶奇書，卻非奪不可。貴教不是還有個胖胖的女子，叫作柳燕柳大姊的，到了皇宮中嗎？」

那老者奇道：「咦，你怎麼又知道了？」

韋小寶口中胡說八道，只要跟神龍教拉得上半點關係的，就都說了出來，心中飛快轉著念頭，說道：「這位柳大姊，跟我交情可挺不錯。有一次她得罪了太后，太后要殺她，幸虧我出力相救，將她藏在床底下。太后在宮裏到處找不到她。這位胖大姊感激我的救命之恩，勸我加入神龍教，說道洪教主喜歡我這種小孩子，將來一定有大大的好處給我。」

那老者「嗯」了一聲，益發信了，又問：「太后爲甚麼要殺柳燕？她們……她們不是很好的麼？」

韋小寶道：「是啊，她們倆本來是師姊師妹。太后爲甚麼要殺柳大姊呢？柳大姊說，這是一個天大的秘密，她跟我說了，我答允過她決不洩漏的，所以這件事不能跟你說。總而言之，太后的慈寧宮中，最近來了一個男扮女裝的假宮女，這人頭頂是禿的……」

那老者脫口而出：「鄧炳春？鄧大哥入宮之事，你也知道了？」

韋小寶原不知那假宮女叫作鄧炳春，但臉上神色，卻滿是一副無所不知的模樣，微微一笑，說道：「章三爺，這件事可機密得很，你千萬不能在人前洩漏了，否則大禍臨頭。你跟我說倒不打緊，如有第三人在此，就算是你最親信的手下人，你也萬萬說不得。要是機關敗露，洪敎主一生氣，只怕連你也要擔個大大的不是。」

他在皇宮中住得久了，知道洩漏機密乃是朝廷和宮中的大忌，重則抄家殺頭，輕則永無進身之機，因此人人都神神秘秘，鬼鬼祟祟，顯得高深莫測，表面上卻又裝得本人甚麼都知道，不過不便跟你說而已。他將這番伎倆用在那姓章老者身上，果然立竿見影，當場見效。江湖上幫會敎派之中，上級統御部屬，所用方法與朝廷亦無二致，所分別者，只不過在精粗隱顯而已。

這幾句話只聽得那老者暗暗驚懼，心想：「我怎地如此粗心，竟將這種事也對這小孩說了？這小孩可留他不得，大事一了，非殺了滅口不可。」不由得神色尷尬，勉強笑了笑，問道：「你跟我們鄧師兄說了些甚麼？」

韋小寶道：「我跟鄧師兄的說話，還有他要我去稟告洪敎主的話，日後見到敎主之時，我自然詳細稟明。」

那老者道：「是，是！」給他這麼裝腔作勢的一嚇，可眞不知眼前這小孩是甚麼來頭，當下和顏悅色的道：「小兄弟，你去五台山，自然是去跟瑞棟瑞副總管相會了？」

韋小寶心想：「他知道我去五台山，又知道瑞棟的事，這個訊息，定是從老婊子那裏傳出的。老婊子叫那禿頭假宮女作師兄，這禿頭是神龍敎的重要人物，原來老婊子跟神龍教勾勾搭搭。老子落在他們手中，當眞是九死一生，十八死半生。」臉上假作驚異，道：「咦，章三爺，你消息倒眞靈通，連瑞副總管的事也知道。」

那老者微笑道：「比瑞副總管來頭大上萬倍之人，我也知道。」韋小寶心下暗暗叫苦：「糟糕，糟糕！老婊子甚麼事都說了出來，除了順治皇帝，還有那一個比瑞棟的來頭大上萬倍？」那老者道：「小兄弟，你甚麼也不用瞞我。你上五台山去，是奉命差遣呢，還是自己去的？」

韋小寶道：「我在宮裏當太監，若不是奉命差遣，怎敢擅自離京？難道嫌命長麼？」那老者道：「如此說來，是皇上差你去的了？」韋小寶神色大爲驚奇，道：「皇上？你說是皇上？哈哈，這一下你消息可不靈了。皇上怎會知道五台山的事？」那老者道：「不是皇上，又是誰派你去的？」韋小寶道：「你倒猜猜看。」那老者道：「莫非是太后？」

韋小寶笑道：「章三爺果然了得，一猜便著。宮中知道五台山這件事的，只有兩個人，一個鬼。」那老者道：「兩個人，一個鬼？」韋小寶道：「正是。兩個人，一個是太后，一個是在下。那個鬼，便是海大富海老公了。他是給太后以『化骨綿掌』殺死的。」那老者臉上肌肉跳了幾跳，道：「化骨綿掌，化骨綿掌。原來是太后差你去的，太后差你去幹甚麼？」韋小寶微微一笑，道：「太后跟你是自己人，你不妨問問她老人家去。」

這句話倘若一進房便說，那老者多半一個耳光就打了過去，但聽了韋小寶一番說話後，心下驚疑不定，自言自語：「嗯，太后差你上五台山去。」

韋小寶道：「太后說道，這件事情，已經派人稟告了洪教主，洪教主讚她辦事妥當。太后吩咐我好好的辦，事成之後，太后固有重賞，洪教主也會給我極大的好處。」他不住將「洪教主」三字搬出來，心想眼前這老頭對洪教主害怕之極，只消說洪教主對自己十分看重，他便不敢加害。

他這麼虛張聲勢，那老者雖將信將疑，卻也寧可信其是，不敢信其非，問道：「外面那六個人，都是你的部屬隨從了？」韋小寶道：「他們都是宮裏的，兩個姑娘是太后身邊的宮女，四個男的是御前侍衛，太后差他們出來跟我辦事。他們可不知道神龍教的名頭。這等機密大事，太后也不會跟他們說……」他說到這裏，見那老者臉露冷笑，心知不妙，問道：「怎麼啦？你不信麼？」那老者冷笑道：「雲南沐家的人忠於前明，怎會到宮裏去做御前侍衛？你扯謊可也得有個譜兒。」

韋小寶哈哈大笑。那老者愕然道：「你笑甚麼？」他那知韋小寶說謊給人抓住，難以自圓其說之時，往往大笑一場，令對方覺得定是自己的說話大錯特錯，十分幼稚可笑，心下先自虛了，那麼繼續圓謊之時，對方便不敢過份追逼。韋小寶又笑了幾聲，說道：「沐王府的人最恨的，可不是太后和皇上。只怕你不知道了。」那老者道：「我怎不知道？沐王府最恨的自然是吳三桂。」

韋小寶假作驚異，說道：「了不起，韋三爺，有你的，我跟你說，沐王府的人所以跟太后當差，爲的是要搞得吳三桂滿門抄斬，平西王府鷄犬不留。別說皇宮裏有沐王府的人，連平西王府中，又何嘗沒有？只不過這件事十分機密，我跟你是自己人，說了不打緊，你可不能洩漏出去。」

那老者點了點頭，道：「原來如此。」但他心中畢竟還只信了三成，尋思：「我去問問外面幾人，且看他們的口供合不合。問那小姑娘最好，小孩子易說眞話。」當下轉過身來，推門出外。

韋小寶大驚，叫道：「喂，喂，你去那裏？這是鬼屋哪，你……你怎麼留著我一個人在這裏？」那老者道：「我馬上回來。」反手關上了門，快步走向大廳。

韋小寶滿手都是冷汗。燭火一閃一晃，白牆上的影子不住顫動，似乎每一個影子都是個鬼怪，四下裏更無半點聲息。突然之間，外面傳來一人大聲呼叫：「你們都到那裏去了？」正是那老者的聲音。韋小寶聽他呼聲中充滿了驚惶，自己本已害怕之極，這一下嚇得幾欲暈去，叫道：「他……他們都……都不見了麼？」

只聽那老者又大聲叫道：「你們在那裏？你們去了那裏？」兩聲呼過，便寂然無聲。過了一會，聽得一人自前向後急速奔去，跟著是踢開一扇扇門的聲音，又聽得那人奔將過來，衝進房中。韋小寶尖聲呼叫，只見那老者臉無人色，雙目睜得大大地，喘息道：「他……他們都……都不見了。」

韋小寶驚道：「給……給惡鬼捉去了。咱們……咱們快逃！」

那老者道：「那有此事？」左手扶桌，那桌子格格顫動，可見他心中也頗為驚惶。他轉身走到門口，張口又呼：「你們在那裏？你們在那裏？」呼罷側耳傾聽，靜夜之中又聽到幾下女子哭泣之聲。他一時沒了主意，在門口站立片刻，退了幾步，將門關了，隨手提起門閂，閂上了門，但見韋小寶一對圓圓的眼睛中，流露出恐懼之極的神情。

韋小寶目不轉睛的瞧著他，見他咬緊牙齒，臉上一陣青、一陣白。

大雨本已停了片刻，突然之間，又是一陣陣急雨灑到屋頂，唰唰作響。

那老者「啊」的一聲，跳了起來，過了片刻，才道：「是……下……下雨。」

忽然大廳中傳來一個女子細微的聲音：「章老三，你出來！」這女子聲音並不嬌嫩，決不是方怡或沐劍屏，聲音中還帶著三分淒厲。

韋小寶低聲道：「女鬼！」那老者大聲道：「誰在叫我？」外面無人回答，除了淅瀝雨聲之外，更無其他聲息。那老者和韋小寶面面相覷，兩人都周身寒毛直豎。

過了好一會，那女人聲音又叫了起來：「章老三，你出來！」

那老者鼓起勇氣，左足踢出，砰的一聲，踢得房門向外飛開，一根門閂兀自橫在門框之上。他右掌劈出，喀的一聲，門閂從中斷截，身子跟著竄出。韋小寶急道：「別出去！」那老者已奔向大廳。

那老者一奔出，就此無聲無息，既不聞叱罵打鬥之聲，連腳步聲也聽不到了。一陣冷風從門外捲進，帶著不少急雨，都打在韋小寶身上。他打個冷戰，想張口呼叫，卻又不敢。突然間「砰」的一聲，房門給風吹得關了攏來，隨即又向外彈出。

這座鬼屋之中，就只賸下韋小寶一人，當然還有不少惡鬼，似乎隨時隨刻都能進來叉死他。幸好等了許久，惡鬼始終沒進來。韋小寶自我安慰：「對了！惡鬼只害大人，決不害小孩。或許他們吃了許多人，已經飽了。一等天亮，那就好了！」

突然又一陣冷風吹進，燭火一暗而滅。韋小寶大叫一聲，覺得房中已多了一鬼。

他知那鬼便站在自己面前，雖然暗中瞧不見，可是清清楚楚的覺得那鬼便在那裏。

韋小寶結結巴巴的道：「喂，喂，你不用害我，我……我也是鬼，咱們是自己人！不，不……咱們大家都是鬼，都是自己鬼，你……你害我也沒用。」

那鬼冷冷的道：「你不必害怕，我不會害你。」是個女鬼的聲音。

韋小寶聽了這幾個字，精神一振，道：「你說過不害我，就不能害我。大丈夫言出如山，再害我就不對了。」那鬼冷冷的道：「我不是鬼，也不是大丈夫。我問你，朝中做大官的那個鰲拜，眞是你殺的麼？」

韋小寶道：「你當眞不是鬼？你是鰲拜的仇人，還是朋友？」

他問了這句話後，對方一言不發。韋小寶一時拿不定主意，對方如是鰲拜的仇人或「仇鬼」，直認其事自然甚妙，但如是鰲拜的親人或「親鬼」，自己認了豈不糟糕之極？突然之間，賭徒性子發作，心想：「是大是小，總得押上一寶。押得對，她當我是大老爺。押得不對，連性命也輸光便了！」心想鰲拜作惡多端，陰間「仇鬼」必較「親鬼」爲多，大聲道：「他媽的，鰲拜是老子殺的，你要怎樣？老子一刀從他背心戳了進去，他就一命見閻王去了。你要報仇，儘管動手，老子皺一皺眉頭，不算英雄好漢。」

那女子冷冷的問道：「你爲甚麼要殺鰲拜？」

韋小寶心想：「你如是鰲拜的朋友，我就把事情推在皇帝身上，一般無用，你也決不會饒我。我這一寶既然押了，老子輸要輸得乾淨，贏也贏個十足。」大聲道：「鰲拜害死了天下無數好百姓，老子年紀雖小，卻也是氣在心裏。偏巧他得罪皇帝，我就乘機把他殺了。大丈夫一人做事一身當。我跟你說，就算鰲拜這狗賊不得罪皇帝，我也要找機會暗中下手，給天下受苦受難的百姓報仇雪恨。」這句話是從天地會青木堂那些人嘴裏學來的。其實他殺鰲拜，只是奉了康熙之命，跟「爲天下百姓報仇雪恨」云云，可沾不上半點邊兒。

他說了這番話後，面前那女人默然不語，韋小寶心中怦怦亂跳，可不知這一寶押對了還是錯了。過了好一會，只覺微微風響，那不知是女人還是女鬼已飄然出房。

韋小寶不住發抖，但穴道遭點，動彈不得，心道：「他媽的，骰子是搖了，卻不揭盅，可不是大大的吊人胃口？」

先前他一時衝動，心想大賭一場，輸贏都不在乎，但此刻靜了下來，越想越覺剛才跟自己說話的是鬼而不是人。她是女鬼，鰲拜是男鬼，兩個鬼多半有點兒不三不四，他們倆才是「自己鬼」，跟我韋小寶是「對頭鬼」，這可大大的不對頭了。

兩扇門給風吹得砰嘭作響，身上衣衫沒乾，冷風陣陣颳來，房中只賸自己一人，忍不住發抖。

韋小寶發放布施物品，凝神注視每一名和尚，可是五十多份施物發完，連跟小皇帝相貌有一二分相似的和尚，也沒見到一個。

第十七回　法門猛叩無方便　疑網重開有譬如

忽然遠處出現了一團亮光，緩緩移近，韋小寶大驚，心道：「鬼火，鬼火！」那團亮火越移越近，卻是一盞燈籠，提著燈籠的是個白衣女鬼。韋小寶只想拔步逃走，但給章老三點了穴道，連移動一根腳趾頭兒也難，只得閉住眼睛不看。只聽得腳步之聲細碎，走到自己面前停住。

他嚇得氣不敢透，全身直抖，卻聽得一個少女的聲音笑道：「你爲甚麼閉著眼睛？」聲音嬌柔動聽。韋小寶道：「你別嚇我。我……我可不敢瞧你。」

那女鬼笑道：「你怕我七孔流血，舌頭伸出，是不是？你倒瞧一眼呢。」韋小寶顫聲道：「我才不上你當，你披頭散髮，七孔流血，有甚麼……甚麼好看？」那女鬼格格一笑，向他面上吹了口氣。

這口氣吹上臉來，卻微有暖氣，帶著一點淡淡幽香。韋小寶左眼微睜一線，依稀見到一張雪白的臉龐，眉彎嘴小，笑靨如花，當即雙目都睜大些，但見眼前是張清淨秀麗的少女臉孔，大約十三四歲年紀，頭挽雙鬟，笑嘻嘻的望著自己。韋小寶心中大定，問道：「你眞的不是鬼？」那少女微笑道：「我自然是鬼，是吊死鬼！」

韋小寶心中打了個突，驚疑不定。那少女笑道：「你殺惡人時這麼大膽，怎地見到了吊死鬼，卻又這麼膽小？」韋小寶吁了口氣，道：「我不怕人，只怕鬼！」

那少女又格格一笑，問道：「你給人點中了甚麼穴道？」韋小寶道：「我知道就好啦！」那少女在他肩膀後推拿了幾下，又在他背上輕輕拍打三掌，韋小寶雙手登時能動。他提起手臂，揮了兩下，笑道：「你會解穴，那可妙得很。你不是吊死鬼，是解穴鬼！」

那少女道：「我學會不久，今天才第一次在你身上試的。」又在他腋下、腰間推拿了幾下，韋小寶跳起身來，笑道：「不行，不行，我怕癢。」就是這樣，他雙腿遭封的穴道也已解了。他見這小女鬼神情可愛，忽然膽大起來，伸出雙手，笑道：「你呵我癢，我得呵還你。」說著走前一步。

那少女伸出舌頭，扮個鬼臉。但這鬼臉只見其可愛，殊無半點可怖之意。韋小寶伸手去捏她舌頭。那少女轉頭避開，格格嬌笑，道：「你不怕吊死鬼了麼？」韋小寶道：「你有影子，又有熱氣，是人，不是鬼。」那少女雙目一睜，正色道：「我是殭屍，不是鬼！」

韋小寶一怔，燈火下見她臉色又紅又白，笑道：「殭屍的腳不會彎的，也不會說話。」那少女又笑起來，道：「那我一定是狐狸精了。」韋小寶笑道：「我不怕狐狸精。」心中有些犯疑：「莫非她眞是狐狸精？」轉到她身後瞧了瞧。那少女笑道：「我是千年狐狸精，道行很深，沒尾巴的。」韋小寶道：「像你這樣美麗的狐狸精，給你迷死了也挺好。」那少女臉上微微一紅，伸手指刮臉羞他，說道：「也不怕羞，剛才還怕鬼怕得甚麼似的，這會兒卻來說便宜話了。」

韋小寶第一怕殭屍，第二怕鬼，至於狐狸精倒不怎麼怕，眼見這少女和藹可親，說的又是一口江南口音，和自己的家鄉話相差不遠，比之方怡、沐劍屏，尚多了幾分令人親近之意，笑道：「姑娘，你叫甚麼名字？」那少女道：「我叫雙兒，一雙的雙。」韋小寶笑道：「那很好啊，就不知是一雙香鞋，還是一雙臭襪。」

雙兒笑道：「臭襪也好，香鞋也好，由你說罷。桂相公，你身上濕淋淋的，一定很不舒服，請到那邊去換乾衣服。就只一件事爲難，你可別見怪。」韋小寶道：「甚麼事爲難？」雙兒道：「我們這裏沒男人衣服。」韋小寶心中打一個突，登時臉上變色，心想：「這屋中都是女鬼。」

雙兒提起燈籠，道：「請這邊來。」韋小寶遲疑不定。雙兒已走到門口，回頭等他，微笑道：「穿女人衣服，你怕不吉利，是不是？這樣罷，你睡在床上，我趕著燙乾你衣服。」

韋小寶見她神色間溫柔體貼，難以拒絕，只得跟著她走出房門，問道：「我那些同伴們呢？都到那裏去了？」

雙兒落後兩步，和他並肩而行，低聲道：「三少奶吩咐了，甚麼都不能對你多說，待會你用過點心後，三少奶自己會跟你說的。」

韋小寶早餓得厲害，聽得有點心可吃，登時精神大振。

雙兒帶著韋小寶走過一條黑沉沉的走廊，來到一間房中，點亮了桌上蠟燭。那房中只一桌一床，陳設簡單，卻很乾淨，床上鋪著被褥。雙兒將棉被揭開一角，放下帳子，道：「桂相公，你在床上除下衣衫，拋出來給我。」韋小寶依言跳入床中，除下了衣褲，鑽入被窩，將衣褲拋到帳外。雙兒接住了，走向門口，說道：「我去拿點心來。你愛吃甜粽，還是鹹粽？」韋小寶笑道：「肚裏餓得咕咕叫，就是泥沙粽子，也吃它三隻。」雙兒一笑出去。

韋小寶見她一走，房裏靜悄悄地，瞧著燭火明滅，又害怕起來：「啊喲，不好，女鬼請人吃麵吃餛飩，其實吃的都是蚯蚓毛蟲，我可不能上當。」

過了一會，韋小寶聞到一陣肉香和糖香。雙兒雙手端了木盤，用手臂掠開帳子。韋小寶見碟子中放著四隻剝開了的粽子，心中大喜，實在餓得狠了，心想就算是蚯蚓毛蟲，老子也吃了再說，提起筷子便吃，入口甘美，無與倫比。他兩口吃了半隻，說道：「雙兒，這倒像是湖州粽子，味道眞好。」浙江湖州所產粽子，米軟餡美，天下無雙。揚州有湖州粽子店，麗春院中到了嫖客，常差韋小寶去買。粽子整隻以粽箬裹住，韋小寶要偷吃原亦甚難，但他總在粽角之中擠些米粒出來，嚐上一嚐。自到北方後，這湖州粽子便吃不到了。

雙兒微感驚異，道：「你眞識貨，吃得出這是湖州粽子。」韋小寶口中咀嚼，一面含含糊糊的道：「這眞是湖州粽子？這地方怎買得到湖州粽子？」雙兒笑道：「不是買的，是狐狸精……嘻嘻……狐狸精使法術變來的。」韋小寶讚道：「狐狸精神通廣大。」忽然想到章老三他們一夥人，加上一句：「壽與天齊！」

雙兒笑道：「你慢慢吃。我去給你燙衣服。」走了一步，問道：「你怕不怕？」韋小寶心中恐懼早消去了大半，但畢竟還是有些怕，道：「你快點回來。」雙兒應道：「是！」

過不多時，韋小寶聽得嗤嗤聲響，卻是雙兒拿了一隻放著紅炭的熨斗來，將他的衣褲攤在桌上，一面熨衫，一面相陪。

四隻粽子二鹹二甜，韋小寶吃了三隻，再也吃不下了，說道：「這粽子眞好吃，是你裏的麼？」雙兒道：「是三少奶調味配料的，我幫著裏。」

韋小寶聽她說話是江南口音，心念一動，問道：「你們是湖州人嗎？」

雙兒遲疑不答，道：「衣服就快熨好了。桂相公見到三少奶時，自己問她，好不好？」這話軟語商量，說得甚是恭敬。

韋小寶道：「好，有甚麼不好？」揭起帳子，瞧著她熨衣。雙兒抬起頭來，見他裸著上身，向他微微一笑，道：「你沒穿衣服，小心著涼。」韋小寶忽然頑皮起來，身子一聳，叫道：「我跳出來啦，不穿衣服，也不會著涼。」雙兒吃了一驚，卻見他一溜之下，全身鑽入被底，連腦袋也不外露，不由得吃吃笑了出來。

過了一頓飯時分，雙兒將熨乾了的衣褲遞入帳中，韋小寶穿起了下床。雙兒幫著他扣衣鈕，又取出一隻小木梳，給他梳了頭髮，編結辮子。韋小寶聞到她身上淡淡幽香，心下大樂，說道：「原來狐狸精是這樣的好人。」雙兒抿嘴笑道：「甚麼狐狸精不狐狸精的，難聽死了，我不是狐狸精。」韋小寶道：「啊，我知道了，要說『大仙』，不能說狐狸精。」雙兒笑道：「我也不是大仙，我是小丫頭。」韋小寶道：「我是小太監，你是小丫頭，咱倆都是服侍人的，倒是一對兒。」雙兒道：「你是服侍皇帝的，我怎能跟你比？一個在天，一個在地。」說話之間，結好了辮子。

雙兒道：「我不會結爺們的辮子，不知結得對不對？」韋小寶將辮子拿到胸前一看，道：「好極了。我最不愛結辮子，你天天能幫我結辮子就好了。」雙兒道：「我可沒這福氣。你是大英雄，我今天給你結一次辮子，已是前世修到了。」韋小寶道：「啊喲，別客氣啦，你這樣一位俏佳人給我結辮子，我才是前世敲穿了十七八個大木魚呢！咚咚咚，咚咚咚，現下再敲！」

雙兒臉上一紅，低聲道：「我說的是真心話，你卻拿人家取笑。」韋小寶道：「沒有，沒有，我說的也是真心話。」雙兒微微一笑，說道：「三少奶說，桂相公要是願意，請你勞駕到後堂坐坐。」韋小寶道：「好，你三少爺不在家麼？」雙兒「嗯」了一聲，輕輕的道：「故世啦！」

韋小寶想到了許多間屋中的靈堂，心中一寒，不敢再問，跟著她來到後堂一間小小花廳之中，坐下來後，雙兒送上一蓋碗熱茶。韋小寶心中打鼓，不敢再跟她說笑。

過了一會，只聽得步聲輕緩，板壁後走出一個全身縞素的少婦，眉目清秀，端莊大方，說道：「桂相公一路辛苦。」說著深深萬福，禮數恭謹。韋小寶急忙還禮，說道：「不敢當。」那少婦道：「桂相公請上座。」

韋小寶見這少婦約莫二十六七歲年紀，不施脂粉，臉色蒼白，雙眼紅紅地，顯是剛哭泣過來，燈下見她赫然有影，雖陰森森地，卻多半不是鬼魅，心下忐忑不安，應道：

「是，是！」側身在椅上坐下，說道：「三少奶，多謝你的湖州粽子，眞正好吃得很。」

那少婦道：「亡夫姓莊，三少奶的稱呼可不敢當。桂相公在宮裏多年了？」韋小寶心想：「剛才黑暗之中，有個女人來問殺鰲拜之事，我認了是我殺的，他們就派了個小丫頭送粽子給我吃。看來這一寶是押對了。」說道：「也不過一年多些。」莊夫人道：「桂相公手刃奸相鰲拜的經過，能跟小女子一說嗎？」

韋小寶聽她把鰲拜叫作「奸相」，更加放心；好比手中已拿了一對至尊寶，不論別的兩張是甚麼牌，翻出牌來，總之是有殺無賠，最多是和過。當下便將康熙皇帝如何下令擒拿，鰲拜如何反抗，衆小監如何一擁而上、卻給他殺死數人，自己如何用香爐灰迷了他眼睛這才擒住等情說了，只是康熙拔刀傷他，卻說作是自己冷不防在鰲拜背上狠狠刺了一刀。

莊夫人不發一言，默默傾聽，聽到鰲拜殺了不少小監、韋小寶給他打倒、康熙逃入桌底，神情大爲緊張，待聽到韋小寶如何撒香爐灰迷住鰲拜眼睛、刀刺其背、搬銅香爐砸頭而將他擒住，不由得輕輕吁了口氣。韋小寶聽慣了說書先生說書，何處當頓，何處當揚，關竅拿捏得恰到好處，何況這事他親身經歷，種種細微曲折之處，說得甚是詳盡，再加上些油鹽醬醋，聽他說這故事，比他當時擒拿鰲拜的實況，只怕還多了好幾分驚心動魄。

莊夫人道：「原來是這樣的。外邊傳聞，那也不盡不實得很，說甚麼桂相公武功了得，跟鰲拜大戰三百回合，使了絕招將他制伏。想那鰲拜號稱『滿洲第一勇士』，桂相公武功再高，終究年紀還小。」韋小寶笑道：「當眞打架，就有一百個小桂子，也不是這奸賊的對手。」

莊夫人道：「後來鰲拜卻又是怎樣死的？」

韋小寶心想：「這三少奶十之八九不是女鬼，那麼必是武林中人。不必扯謊之時就不可扯謊，以免辛辛苦苦贏來的錢，一鋪牌又輸了出去。」於是據實將如何康熙派他去察看鰲拜，如何碰到天地會來攻打康親王府，自己如何錯認來人是鰲拜部屬，如何奮身鑽入囚室、殺了鰲拜等情一一說了，最後道：「這些人原來是鰲拜的對頭，是天地會青木堂的英雄好漢。他們見我殺了鰲拜，居然對我十分客氣，說爲他們報了大仇。」

莊夫人點頭道：「桂相公所以得蒙陳總舵主收爲弟子，又當了天地會青木堂香主，原來都由於此。」

韋小寶心想：「你都知道了，還問我幹甚麼？」說道：「我卻是胡裏胡塗，甚麼也不懂的。做天地會青木堂香主，那也是有名無實得緊。」他不知莊夫人與天地會是友是敵，先來個模稜兩可再說。

莊夫人沉思半晌，說道：「桂相公當時在囚室中殺死鰲拜，用的是甚麼招數，可以使給我看看嗎？」

韋小寶見她眼神炯炯有光，心想：「這女子邪門得緊，我如胡說八道，大吹牛皮，多半要拆穿西洋鏡，還是老老實實的爲妙。」當下站起身來，說道：「我又有甚麼屁招數了？」雙手比劃挺匕首戳鰲拜之背，說道：「我甚麼武功也不會，當時我嚇得魂不附體，亂七八糟，就是這麼幾下子。」

莊夫人點點頭，說道：「桂相公請寬坐。我叫雙兒去拿些桂花糖來請桂相公嚐嚐。」說著站起身來，向韋小寶萬福爲禮，走進內堂。

韋小寶心想：「她請我吃糖，自然沒有歹意了。」但終究有些不放心：「這三少奶雖然看來不像女鬼，也說不定她道行高，鬼氣不露。」

只見雙兒捧了一隻青花高腳瓷碟出來，碟中裝了不少桂花糖、松子糖之類，微笑道：「桂相公，請吃糖。」將瓷碟放在桌上，回進內堂。

韋小寶坐在花廳，吃了不少桂花糖、松子糖，只盼快些天亮。

過了良久，忽聽得衣衫簌簌之聲，門後、窗邊、屏風畔多了好多雙眼睛，在偷偷向他窺看，似乎都是女子的眼睛，黑暗之中，難以分辨是人是鬼，只看得他心中發毛。

忽聽得一個蒼老的女子聲音在長窗外說道：「桂相公，你殺了奸賊鰲拜，爲我們衆家報了血海深仇，大恩大德，不知何以報答。」長窗開處，窗外數十白衣女子羅拜於地。

韋小寶吃了一驚，忙跪下答禮。只聽得衆女子在地下亹亹磕頭，他也磕下頭去，長窗忽地關了。那老婦說道：「恩公不必多禮，未亡人可不敢當。」但聽得長窗外衆女子嗚咽哭泣之聲大作。

韋小寶毛骨悚然，過了一會，哭泣之聲漸漸遠去，這些女子便都散了。他如夢如幻，尋思：「到底是人還是鬼？看來……看來……」

過了一會，莊夫人從內堂出來，說道：「桂相公，請勿驚疑。這裏所聚居的，都是爲鰲拜所害忠臣義士的遺屬，大家得知桂相公手刃鰲拜，爲我們報了大仇，無不感恩。」

韋小寶道：「那麼莊三爺也……也是爲鰲拜所害了？」莊夫人低頭道：「正是。這裏人人泣血痛心，日夜只盼復仇，想不到這奸賊惡貫滿盈如此之快，竟死在桂相公的手下。」韋小寶道：「我又有甚麼功勞了？也不過是剛剛碰巧罷了。」

雙兒將他那個包袱捧了出來，放在桌上。莊夫人道：「桂相公，你的大恩大德實難報答，本當好好款待，才是道理。只是孀居之人，頗有不便，大家商議，想送些薄禮，聊表寸心，但桂相公行囊豐足，身攜巨款，我們鄉下地方，又有甚麼東西是桂相公看得上眼的？至於武功甚麼的，桂相公是天地會陳總舵主的及門弟子，遠勝於我們的一些淺薄功夫，這可教人爲難了。」

韋小寶聽她說得文謅謅地，說道：「不用客氣了。只是我想請問，我那幾個同伴都到那裏去了？」莊夫人沉思半晌，道：「既承見問，本來不敢不答。但恩公知道之後，只怕有損無益。那幾位恩公的朋友，我們自當竭盡所能，不讓他們有所損傷。他們日後自可再和恩公相會。」

韋小寶料想再問也是無用，抬頭向窗子瞧了瞧，心想：「怎地天還不亮？」

莊夫人似乎明白他心意，問道：「恩公明日要去那裏？」韋小寶心想：「我和那個章老三的對答，她想必都聽到了，那也瞞她不過。」說道：「我要去山西五台山。」莊夫人道：「此去五台山，路程不近，只怕沿途尚有風波。我們想送恩公一件禮物，務請勿卻是幸。」韋小寶笑道：「人家好意送我東西，倒是從來沒有不收過。」

莊夫人道：「那好極了。」指著雙兒道：「這個小丫頭雙兒，跟隨我多年，做事也還妥當，我們就送了給恩公，請你帶去，此後服侍恩公。」

韋小寶又驚又喜，沒想到她說送自己一件禮物，竟然是一個人。適才雙兒服侍自己，熨衣結辮，省了不少力氣，如有這樣一個又美貌、又乖巧的小丫頭伴在身邊，確是快活得很，但此去五台山，未必太平無事，須得隨機應變，帶著個小丫頭，卻十分不便，說道：「莊夫人送我這件重禮，那眞多謝之極。只不過……只不過……」要推卻不要罷，一來人家送禮，豈可不收？二來這樣一個好丫頭，也眞捨不得不要。只見雙兒低了頭，正在偷看自己，他眼光一射過去，她忙轉過了頭，臉上一陣暈紅。

莊夫人道：「不知恩公有何難處？」韋小寶道：「我去五台山，所辦的事多半很……很不容易，帶著這位姑娘，恐怕不大方便。」莊夫人道：「那倒不用躭心，雙兒年紀雖小，身手卻頗靈便，不會成爲恩公的累贅，儘管放心便是。」

韋小寶又向雙兒看了一眼，見她一雙點漆般的眼中流露出熱切的神色，笑問：「雙兒，你願不願意跟我去？」雙兒低下了頭，細聲道：「三少奶叫我服侍相公，自然……自然要聽三少奶的吩咐。」韋小寶道：「那你自己願不願呢？只怕會遇到危險的。」雙兒道：「我不怕危險。」

韋小寶微笑道：「你答了我第二句話，沒答第一句。你不怕危險，只不過夫人將你送了給我，你心中卻是不願意了。」雙兒道：「夫人待我恩德深重，相公對我莊家又有大恩，夫人叫我服侍相公，我一定盡心。相公待我好，是我命好，待我不好，是我……是我命苦罷啦。」韋小寶哈哈一笑，道：「你命很好，不會命苦的。」雙兒嘴角邊露出一絲淺笑。

莊夫人道：「雙兒，你拜過相公，以後你就是桂相公的人了。」

雙兒抬起頭來，忽然眼圈兒紅了，先跪向莊夫人磕頭，道：「三少奶，我……我……」說了兩個「我」字，輕輕啜泣。莊夫人撫摸她頭髮，溫言道：「桂相公少年英雄，年紀輕輕便已名揚天下。你好好服侍相公，他答允了待你好的。」雙兒應道：「是。」

轉過身來，向韋小寶盈盈拜倒。

韋小寶道：「別客氣！」扶她起來，打開包袱，取出一串明珠，笑道：「這算是我的見面禮！」心想：「這串明珠，少說也值得三四千兩銀子，用來買丫鬟，幾十個都買到了。可是幾十個丫鬟加在一起，也及不上這雙兒可愛。」

雙兒雙手接過，道：「多謝相公。」掛在頸中，珠上寶光流動，映得她一張俏臉更增麗色。

莊夫人道：「雙兒的父母，也是給鰲拜那廝害死的。她家裏沒人了，她雖給我們做丫頭，其實是好人家出身。」韋小寶道：「是，她斯文有禮，一見便知道。」

莊夫人道：「恩公去五台山，不知是打算明查，還是暗訪？」韋小寶道：「那自然是暗訪的了。」莊夫人道：「五台山各叢林廟分靑黃，儘有臥虎藏龍之士，恩公務請小心。」韋小寶道：「是，多謝吩咐。不過你叫我恩公，可不敢當了。你叫我小寶好啦。」

莊夫人道：「那可不敢當。」站起身來，說道：「一路珍重，未亡人恕不遠送了。」向雙兒道：「雙兒，你出此門後，便不是莊家的人了。此後你說甚麼話，做甚麼事，一概和舊主無涉，你如在外面胡鬧，我莊家可不能庇護你。」說這句話，神色之間甚是鄭重。雙兒應了。莊夫人又向韋小寶行禮，走了進去。

眼見窗紙上透光，天漸漸亮了。雙兒進去拿了一個包袱出來，連韋小寶的包袱一起揹在背上。韋小寶道：「咱們走罷！」雙兒道：「是！」低下了頭，神色淒然，不住向後堂望去，顯是和莊夫人分別，頗為戀戀不捨。她兩眼紅紅的，適才定是哭過了。

韋小寶走出大門，雙兒跟在身後。其時大雨已止，但山間溪水湍急，到處都是水聲。韋小寶走出數十步，回首向那大屋望去，但見水氣瀰漫，籠罩在牆前屋角，再走出數十步，回頭白濛濛地，甚麼都看不到了。

他嘆了口氣，道：「昨晚的事，眞像是做夢一般。雙兒，夫人最後跟你說那幾句話，是甚麼意思？」雙兒道：「三少奶說，我以後只服侍相公，不管說甚麼、做甚麼，都跟她莊家沒干係。」韋小寶道：「那麼，我那些同伴到底那裏去了，你可以跟我說啦！」

雙兒一怔，道：「是。相公那些同伴，本來都給我們救了出來，章老三跟他那些手下人也給我們逮住了，但後來神龍教中來了厲害人物，卻一古腦兒的都搶了去。三少奶說，咱們是女流之輩，不便跟那些野男人打鬥動粗，再說，也未必鬥得過，暫且由得他們，另行託人去救你那幾位同伴。神龍教的人見我們退讓，也就走了，臨走時說了幾句客氣話。」

韋小寶點點頭，對方怡和沐劍屏的處境頗為躭心。雙兒道：「三少奶曾對神龍教的首領說，決不能傷害你那幾位同伴。那人親口答允了的。」韋小寶嘆道：「神龍教這些傢伙，只怕說話如同放屁，唉，可也沒法子。」又問：「三少奶會武功麼？」雙兒道：「會的，不但會，而且很了得。」

韋小寶搖了搖頭，道：「她這麼風也吹得倒的人，怎麼武功會很了得？她要是眞的武功了得，三少爺又怎會給鰲拜殺死？」雙兒道：「老太爺、三少爺他們遇害之時，幾十家人沒一個會武功，那時男的都給鰲拜捉到北京去殺了，女的要充軍到寧古塔去，說甚麼給披甲人爲奴，幸虧在路上遇到救星，殺死了解差，把我們幾十家的女子救了出來，安頓在這裏，又傳了三少奶她們本事。」韋小寶才漸漸明白。

其時天已大亮，東方朝暾初上，一晚大雨，將山林間樹木洗得青翠欲滴，韋小寶直到此刻，才半點不再疑心昨晚見到的是女鬼，問道：「你們屋子裏放了這許多靈堂，那都是給鰲拜害死的衆位老爺、少爺？」

雙兒道：「正是。我們隱居在深山之中，從不跟外邊人來往。附近鄉下人有好奇的過來探頭探腦，我們總是裝神扮鬼，嚇走了他們。所以大家說這是鬧鬼屋，近一年來，誰也不敢過來了。想不到相公昨晚會來。三少奶說，我們大仇未報，一切必須十分隱秘才好。靈堂牌位上寫得有遇難的老爺、少爺們的名字，要是外人見了，可大大不便，相公昨晚問起，我不敢說。不過三少奶說道，從今以後，我只服侍相公，跟莊家沒了干係，自然是甚麼都不能再瞞你了。」

韋小寶喜道：「是啊。我跟你說，我的眞姓名叫作韋小寶，桂公公甚麼的，卻是假名。你是我韋家的人，不是桂家的人。」雙兒甚喜，道：「相公連眞名也跟我說了，我決不會洩漏。」韋小寶笑道：「我這眞名也不是甚麼大秘密，天地會中的兄弟，就有許多人知道。」

雙兒道：「神龍教那些人跟你們一夥動手之時，三少奶她們在外邊看熱鬧。見到他們會唸咒，嘴裏嘰哩咕嚕的唸咒……」韋小寶笑道：「『洪教主神通廣大，壽與天齊。』這種咒語，我也會唸。」雙兒道：「三少奶說，他們嘴裏這麼唸咒，暗底裏一定還在使甚麼別的法術，否則不會突然一唸咒，手底下的功夫就會大增。後來那個章老三跟你說話，三少奶在窗外聽，別的人就弄熄了大廳上燈火，用漁網把一夥人都拿了。」

韋小寶一拍大腿，叫道：「妙極！用漁網來捉人麼？那好得很啊。」雙兒道：「三少奶說，那章老三的武功也沒甚麼了不起，就是妖法厲害，因此沒跟他正面動手，一引他出來，就熄了燈火，漁網這樣一罩……」韋小寶道：「捉到了一隻老王八。」

雙兒嘻嘻一笑，道：「山背後有個湖，我們夜間常去打魚。我們在湖州時，莊家大屋靠近太湖，那湖可就大了。那時候我們莊家漁船很多，租給漁人打魚。三少奶她們見過漁人撒網捉魚的法子。」

韋小寶道：「你們果然是湖州人，怪不得湖州粽子裏得這麼好吃。三少爺到底怎麼給鰲拜害死的？」

雙兒道：「三少奶說，那叫做『文字獄』。」韋小寶奇道：「蚊子肉？蚊子也有肉？」雙兒道：「不是蚊子，是文字，寫的字哪！我們大少爺是讀書人，學問好得很，他瞎了眼睛之後，作了一部書，書裏有罵滿洲人的話……」韋小寶道：「嘖嘖嘖，了不起，瞎了眼睛還會作書寫文章。我眼睛不瞎，見了別人寫的字還是不識，我這可叫做『亮眼瞎子』了！」雙兒道：「老太太常說，世道不對，還是不識字的好。我們住在一起的這幾家人家，每一位遭難的老爺、少爺，個個都是學士才子，沒一個的文章不是天下聞名的。就因爲作文章，這才作出禍事來啦。不過三少奶說，滿洲人不許我們漢人讀書作文章，我們偏偏要讀，偏偏要作，才不讓韃子稱心如意呢。」

韋小寶道：「那你會不會作文章？」雙兒嘻的一笑，道：「相公眞愛說笑話，小丫頭怎麼會作文章？三少奶教我讀書，也不過讀了七八本。」韋小寶「嘩」的一聲，說道：「你讀了七八本書！那比我行得多了，我只不過識得七八個字。」雙兒笑道：「相公不愛讀書，老太太一定喜歡你。她說一到清朝，敗家子才讀書。」

韋小寶道：「對！我瞧鰲拜那廝也不大識字，定是拍馬屁的傢伙說給他聽的。」雙兒道：「是啊。我們大少爺作的那部書，叫做甚麼《明史》，書裏頭有罵滿洲人的話。有個壞人名叫吳之榮，拿了書去向鰲拜告發。事情一鬧大，害死了好幾百人，連賣書的書店老闆、買書來看的人，都給捉去殺了頭。相公，你在北京城裏，可見過這個吳之榮麼？」

韋小寶道：「還沒見過，慢慢的找，總找得著。雙兒，我想拿你換一個人。」雙兒吃了一驚，顫聲道：「你……你要拿我去送給人？」韋小寶道：「不是送給別人，是換一個人。」雙兒眼圈兒早已紅了，急得要哭了出來，道：「甚麼……甚麼換一個人？」

韋小寶道：「你三少奶將你送給了我，這樣一份大禮，可不容易報答。我得想法子將吳之榮那廝捉了來，去送給你三少奶。那麼這份禮物也差不多了。」

雙兒破涕為笑，右手輕輕拍胸，說道：「你嚇了我一跳，我還道相公不要我啦。」

韋小寶大喜，道：「你怕我不要你，就急成這樣。你放心，人家就是把金山、銀山、珍珠山、寶石山堆在我面前，也換不了你去。」

說話之間，兩人已走到山腳下，但見晴空如洗，萬里無塵，韋小寶回想昨晚大雨之中，走向「鬼屋」避雨的狼狽情景，當眞大不相同。只是徐天川、方怡、沐劍屏等失陷被擒，不知能否脫險，憑著自己的本事，無論如何救他們不得，多想既然無用，不如不想。

行出數里，來到一個市集，兩人找了家麵店，進去打尖。韋小寶坐下後，雙兒站在一旁侍候。

韋小寶笑道：「這可別客氣啦，坐下來一起吃罷。」雙兒道：「不成，我怎麼能跟相公一桌吃飯？太沒規矩啦。」韋小寶道：「管他媽的甚麼規矩不規矩。我說行，就行。等我吃完了你再吃，多耽擱時候。」雙兒道：「相公一吃完，咱們就走。我買些饅頭，一面走一面吃就行了，不會耽擱的。」韋小寶嘆道：「我有個怪脾氣，一個人吃東西，肚子一定作怪，倘若沒人陪著一塊兒吃，待會兒肚子疼起來，那可有得受的了。」

雙兒嫣然一笑，只得拉張長櫈，斜斜的坐在桌子角邊。

兩人吃完了麵，韋小寶說道：「你穿女裝，路上很多人都瞧你，因爲你生得太好看了。到得前面市鎭之上，你可得改裝，這串明珠也得收了起來。」雙兒道：「是。我改甚麼裝？」韋小寶微笑道：「你改了男裝罷。」

取出一塊碎銀子，叫麵店中一名店伴去雇一輛大車，車行三十餘里後，到了一座大市鎭。韋小寶遣去車夫，赴客店投宿，取出銀子，命雙兒去購買衣衫改裝。雙兒買了衣衫回店，穿著起來，扮作了一個俊俏的小書僮。

不一日來到直晉兩省交界。自直隸省阜平縣往西，過長城嶺，便到龍泉關。那龍泉關是五台山的東門，石徑崎嶇，峯巒峻峭，入五台山後第一座寺院是湧泉寺。

韋小寶問起清涼寺的所在，卻原來五台山極大，清涼寺在南台頂與中台頂之間，自湧泉寺前去，路程著實不近。

這晚韋小寶和雙兒在湧泉寺畔的盧家莊投宿，吃了一碗羊肉泡膜，再吃糖果，心想日間在湧泉寺問路，廟裏的和尚見自己年輕，神情冷冷的不大理睬，不答去清涼寺的路徑，反問：「道路又遠又不好走，你去清涼寺幹甚麼？」一副討厭模樣，倒有七分便似揚州禪智寺中那些勢利的賊禿，到清涼寺中去見順治皇帝，只怕挺不容易，須得想個法子才好。

他嘴裏吃糖，心中尋思：「有錢能使鬼推磨，叫和尚推磨，多半也行罷。曾聽說書先生說《水滸傳》，魯智深到五台山出家，一個甚麼員外在廟裏布施了不少銀兩，魯智深在廟裏亂鬧一通，又喝酒又吃狗肉，老和尚也不生氣。是了，我假裝要做法事，到廟裏大撒銀子，再借些因頭，賴著不走，慢慢的找尋老皇爺，老和尚總不能趕我走。」

但入山之後，除了寺廟之外便沒大市鎮，一張五百兩銀子的銀票也找兌不開，只得再出龍泉關，回到阜平，兌換銀兩，和雙兒倆打扮得煥然一新，心想：「我要做法事，可是甚麼也不懂，只怕一下子便露出馬腳來，先得試演一番。」

當下來到阜平縣城內一座廟宇吉祥寺，向佛像磕了幾個頭。知客和尚取出緣簿筆硯。韋小寶揮手道：「布施便布施，寫甚麼字？」取出一錠五十兩的元寶，送了過去。那和尚大驚，心想這位小施主樂善好施，世間少有，當下連聲稱謝，迎入齋房，奉上齋菜素麵。

韋小寶吃麵之時，方丈和尚坐在一旁相陪，大讚小檀越仁心虔敬，必蒙菩薩保祐，日後金榜題名，高中狀元，子孫滿堂，福澤無窮。韋小寶暗暗好笑，心想你拍我甚麼馬屁都好，我隻字不識，說我高中狀元，那不是當面罵人嗎？說道：「老和尚，我要上五台山做一場大法事，只是我甚麼也不懂，要請你指教。」

那方丈聽到「大法事」三字，登時站起身來，說道：「施主，天下廟宇，供奉的佛祖、菩薩都是一般的，你要做法事，就在小寺裏辦好了，包你一切周到妥貼，不用辛辛苦苦的上五台山去。」

韋小寶搖頭道：「不行，我這場法事，許下了心願，一定要上五台山做的。」說著又取出五十兩銀子，說道：「這樣罷，你給我僱一個人，陪我上五台山去做幫手。五十兩銀子是給他的。」老和尚大喜，道：「那容易，那容易！」他有個表弟，在廟裏經管廟產，收租買物全由他經手，卻不是和尚，當下去叫了他來，和韋小寶相見。

此人姓于，行八，一張嘴極是來得，有個外號叫作「少一劃」，原來「于」字下面加一劃，變成個「王」字，于八便成王八了。三言兩語之間，韋小寶便和他十分投機。這等市井小人，韋小寶自幼便相處慣了的，這時忽然在阜平縣遇上一個，大有他鄉遇故知之感。

韋小寶再向方丈請教做法事的諸般規矩，那方丈倒也知無不言，言無不盡。韋小寶心想：「和尚們的規矩倒也眞多！」又多布施了二十兩銀子。

韋小寶帶了于八回到客店，取出銀子，差他去購買一應物事。于八有銀子在手，辦事十分快捷，不多時諸般物品便已買齊，自己也穿得一身光鮮，說道：「韋相公，你是大財主，我做你親隨，穿著也該得有個譜兒，是不是？這套衣服鞋帽，不過花了三兩五錢銀子。」韋小寶心想不錯，又叫他去衣鋪替自己和雙兒多買幾套華貴衣衫。

三人興興頭頭的過龍泉關，後面跟著八個挑夫，挑了八擔齋僧禮佛之物，沿大路往南。一入五台山，行不數里便是一座座寺廟，過湧泉寺後，經台麓寺、石佛廟、普濟寺、古佛寺、金剛庫、白雲寺、金燈寺而至靈境寺。當晚在靈境寺借宿一宵，次晨折而向北，到金閣寺後向西數里，便是清涼寺了。

那清涼寺在清涼山之巔，和沿途所見寺廟相比，也不見得如何宏偉，山門破舊，顯已年久失修。韋小寶微覺失望：「皇帝出家，一定揀一座最大的寺廟，只怕海老烏龜瞎說八道，老皇帝並不在這裏做和尚。」

于八進入山門，向知客僧告知，北京城有一位韋大官人要來大做法事，齋僧供佛。知客僧見這一行人衣飾華貴，又帶著八挑物事，當即請進廂房奉茶，入內向方丈稟報。

方丈澄光老和尚來到廂房，和韋小寶相見，問道：「不知施主要做甚麼法事？」

韋小寶見這澄光方丈身材甚高，但骨瘦如柴，雙目微閉，一副沒精打采的模樣，更加失望，說道：「弟子要請大和尚做七日七夜法事，超渡弟子亡父，還有幾位亡故了的朋友。」

澄光道：「北京城裏大廟甚多，五台山上也是廟宇衆多，不知施主爲甚麼路遠迢迢的，特地上五台山來，到小廟做法事？」

韋小寶早知有此一問，事先已和于八商量過，便道：「我母親上個月十五做了一夢，夢見我死去的爹爹，向她說道，他生前罪業甚大，必須到五台山清涼寺，請方丈大師拜七日七夜經懺，才消得他的血光之災，免得我爹爹在地獄中受無窮苦惱。」他不知自己父親是誰，更不知他是死是活，說這番話時，忍不住暗暗好笑，心想：「他媽的，你生下了老子，就此撒手不管，下地獄也是該的。老子給你碰巧做七日七夜法事，是你的天大運氣。」

澄光方丈道：「原來如此。小施主，俗語說得好：日有所思，夜有所夢。這夢幻之事，實在是當不得眞的。」

韋小寶道：「大和尚，俗語說得好：寧可信其有，不可信其無。就算我爹爹在夢裏的言語未必是眞，我們給他做一場法事，超渡亡魂，那也是一件功德。如我爹爹眞有此言，我們卻不照他說的做，他在陰世給牛頭馬面、無常小鬼欺負折磨，那……那……我總有點兒不大好意思罷？再說，這是奉了我母親之命。我母親說五台山清涼寺的老方丈跟她有緣份，這場法事嘛，定是要在寶刹做的。」心道：「你跟我媽媽有緣份，這倒奇了，你到揚州麗春院去做過嫖客嗎？」
澄光方丈「嘿」的一聲，說道：「施主有所不知，敝寺乃是禪宗，這等經懺法事，是淨土宗的事，我們是不會做的。這五台山上，金閣寺、普濟寺、大佛寺、延慶寺等等都是淨土宗，施主還是移步到那些寺廟去做法事的爲是。」
韋小寶心想在皐平縣時，那方丈搶著要做法事，到了此處，這老和尚卻推三阻四，將送上門來的銀子雙手推將出去，其中必有古怪。他求之再三，澄光只是不允，跟著站起身來，向知客僧道：「你指點施主去金閣寺的道路，老衲少陪。」
韋小寶急了，忙道：「方丈既然執意不允，我帶來施捨寶剎的僧衣、僧帽，以及銀兩，總是要請寶剎諸位大和尚賞收。」
澄光合什道：「多謝了。」他眼見韋小寶帶來八挑豐盛禮物，居然毫不起勁。
韋小寶道：「我母親說道，每一份禮物，要我親手交給寶剎每一位大和尚，就算是火工道人、種菜的園子，也都有份。帶來共有三百份禮物，倘若不夠，我們再去採購。」澄光道：「夠了，太多了。本寺只五十來人，請施主留下五十六份物品就是。」韋小寶道：「可否請方丈召集合寺僧衆，由我親手施捨？這是我母親的心願，無論如何是要辦到的。」
澄光抬起頭來，突然間目光如電，在韋小寶臉上一掃，說道：「好！我佛慈悲，就如施主所願。」轉身進內。

瞧著他竹竿一般的背影走了進去，韋小寶心頭說不出的別扭，訕訕的端起茶碗喝茶。于八站在他背後，低聲道：「這等背時的老和尚，姓于的這一輩子可還眞少見，怪不得偌大一座清涼寺，連菩薩金身也破破爛爛的。」

只聽得廟裏撞起鐘來，知客僧道：「請檀越到西殿布施。」韋小寶到得西殿，見僧衆絡繹進來，他將施物一份一份發放，凝神注視每一名和尚，心想：「順治皇帝我沒見過，但他是小皇帝的爸爸，相貌總有些相像。只要見到是個大號小皇帝的和尚，那便是了。」可是五十多份施物發完，別說「大號小皇帝」沒見到，連跟小皇帝相貌有一二分相似的和尚，也沒見到一個。

韋小寶好生失望，突然想起：「他是做過皇帝之人，那是何等的身分，怎會來領我一份施捨的衣帽！我這計策可笨得很。」問知客僧道：「寶剎所有的僧人全都來了？」知客僧道：「個個都領了，多謝檀越布施。」韋小寶道：「每一個都領了？恐怕不見得，只怕還有人不肯來取。」知客僧道：「檀越說笑話了，那裏會有此事？」韋小寶道：「出家人不打誑語，你如騙我，死後要下拔舌地獄。」知客僧一聽，登時變色。

韋小寶道：「既然尚有僧人未來領取，大和尚去請他來領罷！」知客僧搖頭道：「只有方丈大師未領，我看不必再要他老人家出來了。」

正在這時，一名僧人匆匆忙忙進來，說道：「師兄，外面有十幾名喇嘛要見方丈。」跟著低聲道：「他們身上都帶著兵器，摩拳擦掌的，來意不善。」知客僧皺眉道：「五台山青廟黃廟，自來河水不犯井水，他們來幹甚麼？你去稟報方丈，我出去瞧瞧。」說著向韋小寶說道：「少陪。」快步出去。

忽聽得山門外傳來一陣喧嘩之聲，一羣人衝進大雄寶殿。韋小寶道：「瞧瞧熱鬧去。」拉著雙兒的手，一齊出去。

到得大殿，只見十幾名黃衣喇嘛圍住了知客僧，七嘴八舌的亂嚷：「非搜不可，有人親眼見到他來淸涼寺的。」「這是你們不對，幹麼把人藏了起來？」「乖乖的把人交出來便罷，否則的話，哼哼！」

吵嚷聲中，澄光方丈走了出來，緩緩問道：「甚麼事？」知客僧道：「好教方丈得知，他們……」他「方丈」二字一出口，那些喇嘛便都圍到澄光身畔，叫道：「你是方丈？那好極了！」「快把人交出來！要是不交，連你這寺院也一把火燒個乾淨。」「豈有此理，眞正豈有此理！」「難道做了和尙，便可不講理麼？」

澄光道：「請問衆位師兄是那座廟裏的？光臨敝寺，爲了何事？」

一名黃衣上披著紅色袈裟的喇嘛道：「我們打從青海來，奉了活佛之命，到中原公幹，豈知有一名隨從的小喇嘛給一個賊和尚拐走了，在清涼寺中藏了起來。方丈和尚，你快把我們這小喇嘛交出來，否則決不能跟你干休。」

澄光道：「這倒奇了。我們這裏是禪宗青廟，跟西藏密宗素來沒瓜葛。貴處走失了小喇嘛，何不到各處黃廟去問問？」那喇嘛怒道：「有人親眼見到，那小喇嘛是在清涼寺中，這才前來相問，否則我們吃飽了飯沒事幹，來瞎鬧麼？你識趣的，快把小喇嘛交出來，我們也就不看僧面看佛面，不再追究了。」澄光搖頭道：「倘若眞有小喇嘛來到清涼寺，各位就算不問，老衲也不能讓他容身。」

幾名喇嘛齊聲叫道：「那麼讓我們搜一搜！」澄光仍是搖頭，說道：「這是佛門清淨之地，那能容人說搜便搜。」那爲首的喇嘛道：「若不是做賊心虛，爲甚麼不讓我們搜？可見這小喇嘛千眞萬確，定是在清涼寺中。」

澄光剛搖了搖頭，便有兩名喇嘛同時伸手扯住他衣領，大聲喝道：「你讓不讓搜？」另一名喇嘛道：「大和尚，廟裏是不是窩藏了良家婦女，怕人知道？否則搜一搜打甚麼緊？」這時清涼寺中也有十餘名和尚出來，卻給衆喇嘛攔住了，走不到方丈身旁。

韋小寶心想：「這些喇嘛擺明了是無理取鬧，這廟裏怎會窩藏甚麼小喇嘛？莫非他們的用意和我相同，也是要見順治皇帝？」

只見白光一閃，兩名喇嘛已拔尖刀在手，分抵澄光的前胸後心，厲聲道：「不讓搜就先殺了你。」澄光臉上毫無懼色，說道：「阿彌陀佛，大家是佛門弟子，怎地就動起粗來？」兩名喇嘛將尖刀微微向前一送，喝道：「大和尚，我們這可要得罪了。」澄光身子略側，就勢一帶，兩名喇嘛的尖刀都向對方胸口刺去。兩人忙左手出掌相交，啪的一聲，各自退出數步。餘人叫了起來：「清涼寺方丈行兇打人哪！打死人了哪！」

叫喚聲中，大門口又搶進三四十人，有和尚、有喇嘛，還有幾名身穿長袍的俗家人。一名黃袍白鬚的老喇嘛大聲叫道：「清涼寺方丈行兇殺人嗎？」

澄光合什道：「出家人慈悲爲本，豈敢妄開殺戒？衆位師兄、施主，從何而來？」向一個五十來歲的和尚道：「原來佛光寺心溪方丈大駕光臨，有失遠迎，得罪，得罪。」

佛光寺是五台山上最古的大廟，建於元魏孝文帝之時，歷時悠久。當地人有言：「先有佛光寺，後有五台山。」原來五台山原名清涼山，後來因發現五大高峯，才稱五台山，其時佛光寺已經建成。五台山的名稱，也至隋朝大業初才改。在佛教之中，佛光寺的地位遠比清涼寺爲高，方丈心溪隱然是五台山諸青廟的首腦。

這和尚生得肥頭胖耳，滿臉油光，笑嘻嘻的道：「澄光師兄，我給你引見兩位朋友。」指著那老喇嘛道：「這位是剛從青海來的大喇嘛巴顏法師，是活佛座下最得寵信、最有勢力的大喇嘛。」澄光合什道：「有緣拜見大喇嘛。」巴顏點了點頭，神氣甚是倨傲。

心溪指著一個身穿青布衫、三十來歲的文人，說道：「這位是川西大名士，皇甫閣皇甫先生。」皇甫閣拱手道：「久仰澄光大和尚武學通神，今日得見，當眞三生有幸。」

澄光合什道：「老僧年紀老了，小時候學過的一些微末功夫，早已忘得乾乾淨淨。皇甫居士文武兼資，可喜可賀。」

韋小寶聽這些人文謅謅的說客氣話，心想這場架多半是打不成了，既沒熱鬧瞧，又少了個混水摸魚、找尋老皇帝的機會，心下暗暗失望。

巴顏道：「大和尚，我從青海帶了個小徒兒出來，卻給你們廟裏扣住了。你衝著活佛的金面，放了他罷，大夥兒都承你的情。」澄光微微一笑，說道：「這幾位師兄在敝寺吵鬧，老衲也不跟他們一般見識。大師是通情達理之人，如何也聽信人言？清涼寺開建以來，只怕今日才有喇嘛爺光臨。說我們收了貴座弟子，那是從何說起？」巴顏雙眼一翻，大聲喝道：「難道是冤枉你了？你不要……不要罰酒不吃……吃敬酒。」他漢語不大流暢，「敬酒不吃吃罰酒」這話，卻顚倒來說了。

心溪笑道：「兩位休得傷了和氣。依老衲之見，那小喇嘛是不是藏在清涼寺內，口說無憑，眼見爲實。就由皇甫居士和貧僧做個見證，大夥兒在清涼寺各處隨喜一番，見佛拜佛，遇僧點頭，每一處地方、每一位和尚都見過了，倘若仍找不到那小喇嘛，不是甚麼事都沒有了？」說來說去，還是要在清涼寺中搜查。

澄光臉上閃過一陣不愉之色，說道：「這幾位喇嘛爺不明白我們漢人的規矩，那也怪不得。心溪大師德高望重，怎地也說這等話？這個小喇嘛倘若眞是在五台山上走失的，一座座寺院搜查過去，只怕得從佛光寺開頭。」

心溪嘻嘻一笑，說道：「在清涼寺瞧過之後，倘若仍找不到人，這幾位大喇嘛願意到佛光寺瞧瞧，那也歡迎之至，歡迎之至。」

巴顏道：「有人親眼見到，這小傢伙確是在清涼寺中，我們才來查問，否則的話，也不敢……也不敢如此……如此昧冒。」他將「冒昧」二字又顚倒著說了。澄光道：「不知是何人見到？」巴顏向皇甫閣一指，道：「是這位皇甫先生見到的，他是大大有名之人，決不會說謊。」

韋小寶心想：「你們明明是一夥人，如何做得見證。」忍不住問道：「那個小喇嘛有多大年紀？」

巴顏、心溪、皇甫閣等衆人一直沒理會站在一旁的這兩個小孩，忽聽他相問，眼光都向他望去，見他衣飾華貴，帽鑲美玉，襟釘明珠，是個富豪之家的公子，身畔那小小書僮也是穿綢著緞。心溪笑道：「那小喇嘛，跟公子是差不多年紀罷。」

韋小寶轉頭道：「那就是了，剛才我們可不是明明見到這小喇嘛麼？他走進了一座大廟。這廟前寫得有字，不錯，寫的是『佛光寺』三個大字。這小喇嘛是進了佛光寺啦。」

他這麼一說，巴顏等人登時臉上變色，澄光卻暗暗歡喜。巴顏大聲道：「胡說八道，胡說九道！」他以爲多加上一道，那是更加荒謬了。韋小寶笑道：「胡說十道，胡說十一道，十二道，十三道！」

巴顏怒不可遏，伸手便往韋小寶胸口抓來。澄光右手微抬，大袖上一股勁風，向巴顏肘底撲去。巴顏左手探出，五指猶如鷄爪，抓向他衣袖。澄光手臂回縮，衣袖倒捲，這一抓就沒抓到。巴顏叫道：「你窩藏了我們活佛座下小喇嘛，還想動手殺人嗎？反了，反了！」

皇甫閣朗聲道：「大家有話好說，不可動粗。」他這「粗」字方停，廟外忽有大羣人齊聲叫道：「皇甫先生有令：大家有話好說，不可動粗。」聽這聲音，當有數百人之衆，竟是將清涼寺團團圍住了。這羣人聽得皇甫閣這麼朗聲一說，就即齊聲呼應，顯是意示威懾。饒是澄光方丈養氣功夫甚深，乍聞這突如其來的一陣呼喝，方寸間也不由得大大一震。

皇甫閣笑吟吟的道：「澄光方丈，你是武林中的前輩高人，在這裏韜光養晦，大家都是很景仰的。這位巴顏大喇嘛要在寶剎各處隨喜，你就讓他瞧瞧罷。大和尚行得正，坐得穩，光風霽月，清涼寺中又沒甚麼見不得人的事，大家何必失了武林中的和氣？」

澄光暗暗著急，他本人武功雖高，在清涼寺中卻只坐禪說法，並未傳授武功，清涼寺五十多名僧人，極少有人是會武功的。剛才和巴顏交手這一招，察覺到他左手這一抓的「鷄爪功」著實厲害，再聽這皇甫閣適才朗聲說這一句話，內力深厚，也是非同小可，不用寺外數百人幫手，單是眼前這兩名高手，就已不易抵擋了。

皇甫閣見他沉吟不語，笑道：「就算清涼寺中眞有幾位美貌娘子，讓大夥兒瞻仰瞻仰，那也眼福不淺哪。」這兩句話極是輕薄，對澄光已不留半點情面。

心溪笑道：「方丈師兄，既是如此，就讓這位大喇嘛到處瞧瞧罷。」說時嘴巴一努。巴顏當先大踏步向後殿走去。

澄光心想對方有備而來，就算阻得住巴顏和皇甫閣，也決阻不住他們帶來的那夥人，混戰一起，清涼寺要遭大劫，霎時間心亂如麻，長嘆一聲，眼睜睜的瞧著巴顏等數十人走向後殿，只得跟在後面。

巴顏和心溪、皇甫閣三人低聲商議，他們手下數十人已一間間殿堂、僧房搜了下去。清涼寺衆僧見方丈未有號令，一個個只怒目而視，並未阻攔。韋小寶和雙兒跟在澄光方丈之後，見他僧袍大袖不住顫動，顯是心中惱怒已極。

忽聽得西邊僧房中有人大聲叫道：「是他嗎？」

皇甫閣搶步過去，兩名漢子已揪了一個中年僧人出來。這和尚四十歲左右年紀，相貌淸癯，說道：「你們抓住我幹甚麼？」皇甫閣搖了搖頭，那兩名漢子笑道：「得罪！」

放開了那和尚。韋小寶心下雪亮，這些人必定是來找順治皇帝的。

澄光冷笑道：「本寺這和尚，是活佛座下的小喇嘛麼？」皇甫閣不答，見手下人又揪了一個中年和尚出來，他細看此僧相貌，搖了搖頭。韋小寶心道：「原來你認得順治皇帝。」又想：「如此搜下去，定會將順治皇帝找出來，他是小皇帝的父親，我可得設法保護。」但對方人多勢衆，如何保護，卻一點法子也想不出來。

數十人搜到東北方一座小僧院前，見院門緊閉，叫道：「開門，開門！」

澄光道：「這是本寺一位高僧坐關之所，已歷七年，衆位不可壞了他的淸修。」心溪笑道：「這是外人入內，並不是坐關的和尚熬不住而自行開關，打甚麼緊？」

一名身材高大的喇嘛叫道：「幹麼不開門？多半是在這裏了！」飛腳往門上踢去。

澄光身影微晃，已擋在他身前。那喇嘛收勢不及，右腳踢出，正中澄光小腹，喀喇一聲響，那喇嘛腿骨折斷，向後跌出。巴顏哇哇怪叫，左手上伸，右手反撈，都成鷄爪之勢，向澄光抓來。澄光擋在門口，呼呼兩掌，將巴顏逼開。

皇甫閣叫道：「好『般若掌』！」左手食指點出，一股勁風向澄光面門刺來。澄光向左閃開，啪的一聲，勁風撞上木門。澄光使開般若掌，凝神接戰。

巴顏和皇甫閣分從左右進擊。澄光招數甚慢，一掌一掌的拍出，似乎無甚力量，但風聲隱隱，顯然勁道又頗凌厲。巴顏和皇甫閣手下數十人吶喊吆喝，爲二人助威。巴顏搶攻數次，都給澄光的掌力逼回。

巴顏焦躁起來，快速搶攻，突然間悶哼一聲，左手一揚，數十莖白鬚飄落，卻是抓下了澄光一把鬍子，但他右肩也受了一掌，初時還不覺怎樣，漸漸的右臂越來越重，右手難以提高。他猛地怒吼，向側閃開，四名喇嘛手提鋼刀，向澄光疾衝過去。

澄光飛腳踢翻二人，左掌拍出，印在第三名喇嘛胸口。那喇嘛「啊」的一聲大叫，向上跳起。便在這時，第四名喇嘛的鋼刀也已砍至。澄光衣袖拂起，捲向他手腕。只見巴顏雙手一上一下，撲將過來。澄光向右避讓，突覺勁風襲體，暗叫：「不好！」順手一掌拍出，但覺右頰奇痛，已讓皇甫閣戳中了一指。澄光這一掌雖擊中皇甫閣下臂，卻未能擊斷他臂骨。

雙兒見澄光滿頰鮮血，低聲道：「要不要幫他？」

韋小寶道：「等一等。」他旨在見到順治皇帝，何況對方人多勢眾，有刀有槍，雙兒一個小小女孩，又怎打得過這許多大漢？

清涼寺僧眾見方丈受困，紛紛拿起棍棒火叉，上前助戰。但這些和尚不會武功，一上來便給打得頭破血流。澄光叫道：「大家不可動手！」

巴顏怒吼：「大家放手殺人好了！」眾喇嘛下手更不容情，頃刻間有四名清涼寺的和尚遭砍，身首異處。餘下眾僧見敵人行兇殺人，都站得遠遠地叫喚，不敢過來。

澄光微一疏神，又中了皇甫閣一指，這一指戳在他右胸。皇甫閣笑道：「少林派的般若掌也不過如此。大和尚還不投降麼？」澄光道：「阿彌陀佛，施主罪業不小。」

驀地裏兩名喇嘛揮刀著地滾來，斬他雙足。澄光提足踢出，胸口一陣劇痛，眼前發黑，這一腳踢到中途，便踢不出去，迷迷糊糊間左掌下抹，正好抹中在兩名喇嘛頭頂，兩人登時昏暈。巴顏罵道：「死禿驢！」雙手疾挺，十根手指都抓上了澄光左腿。澄光支持不住，倒下地來。皇甫閣接連數指，點了澄光的穴道。

巴顏哈哈大笑，右足踢向木門，喀喇一聲，那門直飛了進去。巴顏笑道：「快出來罷，讓大家瞧瞧是怎麼一副模樣。」

僧房中黑黝黝地，寂無聲息。

巴顏道：「把人給我揪出來。」兩名喇嘛齊聲答應，搶了進去。

注：本回回目一聯是佛家語。「方便」是「權宜方法」之意。釋迦牟尼說法，以聞者不解，多用「譬如」開導之。

胖頭陀抓著韋小寶的手臂，拉他到石碣之前。韋小寶信口胡說，說道那八部經書分別藏在甚麼山甚麼府之中，還說石碣上有神龍教教主的名字。

第十八回

金剛寶杵衛帝釋 彫篆石碣敲頭陀

突然間門口金光閃動，僧房中伸出一根黃金大杵，波波兩聲，擊在兩名喇嘛頭上。黃金杵隨即縮進，兩名喇嘛一聲也不出，腦漿迸裂，死在門口。

這一下變故大出衆人意料之外。巴顏大聲斥罵，又有三名喇嘛向門中搶去。這次三人都已有備，舞動鋼刀，護住頭頂。第一名喇嘛剛踏進門，那黃金杵擊將下來，連刀打落，金杵和鋼刀同時打中那喇嘛頭頂。第二名喇嘛全力挺刀上迎，可是金杵落下時似有千斤之力，鋼刀竟未阻得金杵絲毫，波的一聲，又打得頭骨粉碎。第三名喇嘛嚇得臉如土色，鋼刀落地，逃了回去。巴顏破口大罵，卻也不敢親自攻門。

皇甫閣叫道：「上屋去，揭瓦片往下打。」當下便有四名漢子跳上屋頂，揭了瓦片，從空洞中向屋內投去。皇甫閣又叫：「將沙石抛進屋去。」他手下漢子依言拾起地下沙石，從木門中拋進僧房。

從門中投進的沙石，大部給屋內那人以金杵反激出來，從屋頂投落的瓦片，卻一片片的都掉了下去。這麼一來，屋內之人武功再高，也已沒法容身。

忽聽得一聲莽牛也似的怒吼，一個胖大和尚左手挽了一個僧人，右手掄動金杵，大踏步走出門來。這莽和尚比之常人少說也高了一個半頭，威風凜凜，直似天神一般，金杵晃動，黃光閃閃，大聲喝道：「都活得不耐煩了？」只見他一張紫醬色的臉膛，一堆亂茅草也似的短鬚，僧衣破爛，破孔中露出虬結起伏的肌肉，膀闊腰粗，手大腳大。

皇甫閣、巴顏等見到他這般威勢，都不由自主的倒退幾步。巴顏叫道：「這賊禿只一個人，怕他甚麼？大夥兒齊上。」皇甫閣叫道：「大家小心，別傷了他身旁那和尚。」

衆人向那僧人瞧去，只見他三十來歲年紀，身高體瘦，丰神俊朗，雙目低垂，對周遭情勢竟不瞧半眼。

韋小寶心頭突地一跳，尋思：「這人定是小皇帝的爸爸了，只是相貌不大像，他可比小皇帝好看得多。原來他還這般年輕。」

便在此時，十餘名喇嘛齊向莽和尚攻去。那莽和尚揮動金杵，波波波響聲不絕，每一響便有一名喇嘛中杵倒地而死。皇甫閣左手向腰間一探，解下一條軟鞭，巴顏從手下喇嘛手中接過兵刃，乃是一對短柄鐵鎚。兩人分從左右夾攻而上。

皇甫閣軟鞭抖動，鞭梢橫捲，唰的一聲，在那莽和尚頸中抽了一記。那和尚哇哇大叫，揮杵向巴顏打去。巴顏舉起雙鎚硬擋，錚的一聲大響，手臂酸麻，雙鎚脫手，那和尚卻又給軟鞭擊中肩頭。衆人都看了出來，原來這和尚不過膂力奇大，武功卻是平平。

一名喇嘛欺近身去，抓住了那中年僧人的左臂。那僧人哼了一聲，並不掙扎。

韋小寶焦急道：「我們得保護這和尚，怎生想個法子……」不等韋小寶說完，雙兒應了聲：「是！」晃身而前，伸手便向那喇嘛腰間戳去，那喇嘛應指而倒。她轉身伸指向皇甫閣臉上虛點，皇甫閣向右閃開，她反手一指，點中了巴顏胸口。巴顏罵道：「媽——」仰天摔倒。雙兒東一轉、西一繞，纖手揚處，巴顏與皇甫閣帶來的十幾人紛紛摔倒。心溪叫道：「喂，喂，小……小施主……」雙兒笑道：「喂，喂，老和尚！」伸指點中他腰間。

韋小寶驚喜之極，跳起身來，叫道：「雙兒，好雙兒，原來你功夫這樣了得。」

皇甫閣舞動軟鞭，護住前後左右，鞭子呼呼風響，一丈多圓圈中，直似水潑不進。雙兒在鞭圈外盤旋遊走。皇甫閣的軟鞭越使越快，幾次便要擊到雙兒身上，都給她迅捷避開，皇甫閣叫道：「好小子！」勁透鞭身，一條軟鞭宛似長槍，筆直的向雙兒胸口刺來。雙兒腳下一滑，向前摔出，伸指直點皇甫閣小腹。皇甫閣左掌豎立，擋住她點來的一指，跟著軟鞭的鞭梢突然回頭，逕點雙兒背心。雙兒著地滾開，情狀頗為狼狽。

韋小寶見雙兒勢將落敗，心下大急，伸手在地下去抓泥沙，要撒向皇甫閣眼中，偏生地下掃得乾乾淨淨，全無泥沙可抓。雙兒尚未站起，皇甫閣的軟鞭已向她身上擊落，韋小寶大叫：「打不得！」

那莽和尚急揮金杵，上前相救。驀地裏雙兒右手抓住了軟鞭鞭梢，皇甫閣使勁上甩，將她全身帶了起來，甩向半空。韋小寶伸手入懷，也不管抓到甚麼東西，掏出來便向皇甫閣臉上摔去。只見白紙飛舞，數十張紙片擋在皇甫閣眼前。

皇甫閣忙伸手去抹開紙張，右手的勁力立時消了。此時莽和尚的金杵也已擊向頭頂。皇甫閣大駭，忙坐倒相避。雙兒身在半空，不等落地，左足便即踢出，正中皇甫閣的太陽穴。他「啊喲」一聲，向後摔倒。砰的一聲，火星四濺，黃金杵擊在地下，離他腦袋不過半尺。

雙兒右足落地，跟著奪過軟鞭。韋小寶大聲喝采：「好功夫！」拔出匕首，搶上去指住皇甫閣左眼，喝道：「你叫手下人都出去，誰都不許進來！」

皇甫閣身不能動，臉上感到匕首的森森寒氣，心下大駭，叫道：「你們都出去，叫大夥兒誰都不許進來！」皇甫閣和巴顏手下數十人遲疑半晌，見韋小寶挺匕首作勢欲殺，當即奔出廟去。

那莽和尚圓睜環眼，向雙兒凝視半晌，「嘿」的一聲，讚道：「好娃兒！」左手倒提金杵，右手扶著那中年僧人，回進僧房。韋小寶搶上兩步，想跟那中年僧人說幾句話，竟已不及。

雙兒走到澄光身畔，解開了他穴道，說道：「這些壞蛋強兇霸道，冒犯了大和尚。」澄光站起身來，合什道：「小施主身懷絕技，解救本寺大難。老衲老眼昏花，不識高人，先前多有失敬。」雙兒道：「沒有啊，你一直對我們公子爺客氣得很。」

韋小寶定下神來，這才發覺，自己先前摔向皇甫閣臉面、蒙了他雙眼的，竟是一大疊銀票，哈哈大笑，說道：「見了銀票不投降的，天下可沒幾個。我用幾萬兩銀票打過來，你非大叫投降不可。」雙兒笑嘻嘻的拾起四下裏飛散的銀票，交回韋小寶。

澄光問韋小寶道：「韋公子，此間之事，如何是好？」韋小寶笑道：「這三位朋友，吩咐你們手下人都散去了罷！」

皇甫閣當即提氣高叫：「你們都到山下去等我。」只聽得外面數百人齊聲答應。腳步聲沙沙而響，頃刻間走得乾乾淨淨。

澄光心中略安，伸手去解心溪的穴道。韋小寶道：「方丈，且慢，我有話跟你商量。」澄光道：「是！這幾位師兄給封了穴道，時間久了，手腳麻木，我先給他們解開了。」韋小寶道：「也不爭在這一時三刻，咱們到那邊廳上坐坐罷。」澄光點頭道：

「是。」向心溪道：「師兄且莫心急，回頭跟你解穴。」帶著韋小寶來到西側佛殿。

韋小寶道：「方丈，這一干人當眞是來找小喇嘛麼？」澄光張口結舌，沒法回答。韋小寶湊嘴到他耳邊，低聲道：「我倒知道，他們是爲那位皇帝和尙而來。」

澄光身子一震，緩緩點頭，道：「原來小施主早知道了。」韋小寶低聲道：「我來到寶刹，拜懺做法事是假，乃是奉……奉命保護皇帝和尙。」澄光點頭道：「原來如此。老衲本就疑心，小施主巴巴的趕來清涼寺做法事，樣子不大像。」

韋小寶道：「皇甫閣、巴顏他們雖然拿住了，可是捉老虎容易，放老虎難。倘若放了他們，過幾天又來糾纏不清，畢竟十分麻煩！」澄光道：「殺人是殺不得的。這寺裏已傷了好幾條人命。唉，阿彌陀佛！」韋小寶道：「殺了他們也沒用。這樣罷，你叫人把這干人都綁了起來，咱們再仔細問問，他們來尋皇帝和尙，到底是甚麼用意。」

澄光有些爲難，道：「這佛門淸淨之地，我們出家人私自綁人審問，似乎於理不合。」韋小寶道：「他們要來殺光你廟裏的和尙，難道於理就合得很嗎？我們如不審問明白，想法子對付，他們又來殺人，放火燒了你淸涼寺，那怎麼辦？」

澄光想了一會，點頭道：「那也說得是，任憑施主吩咐。」拍拍手掌，召進一名和尙，吩咐道：「請那位皇甫先生過來，我們有話請教。」韋小寶道：「這皇甫閣甚是狡猾，只怕問不出甚麼，咱們還是先問那個大喇嘛。」澄光道：「對，我怎麼想不到？」

兩名和尙挾持著巴顏進殿，惱他殺害寺中僧人，將他重重往地下一摔。澄光道：「唉，怎地對大喇嘛沒點禮貌？」兩名僧人應道：「是！」退了出去。

韋小寶左手提起一隻椅子，右手用匕首將椅子腳不住批削。那匕首鋒利無比，椅子腳一片片的削了下來，都不過一二分厚薄，便似削水果一般。澄光睜大了眼，不明他的用意。韋小寶放下椅子，走到巴顏面前，左手摸了摸他腦袋，右手將匕首比了比，手勢便和適才批削椅腳時一模一樣。巴顏大叫：「不行！」澄光也叫：「使不得！」

韋小寶怒道：「甚麼行不行的？我知道靑海的大喇嘛練有一門鐵頭功，刀槍不入。我在北京之時，曾親自用這把短劍削一個大喇嘛的腦袋，削了半天，也削他不動。大喇嘛，你是貨眞價實，還是冒牌貨？不試你一試，又怎知道？」

巴顏忙道：「這鐵頭功我沒練過，你一削我就死。」韋小寶道：「不一定死的，削去兩三寸，也不見得就死。我只削去你一層頭蓋，看到你的腦漿爲止。一個人說眞話，腦漿就不動，如說謊騙人，腦漿就像煮開了的水一般滾個不休。我有話問你，不削開你的腦袋，怎知你說的是眞話假話？」巴顏道：「別削，別削，我說眞話就是。」韋小寶摸了摸他頭皮，道：「是眞是假，我怎麼知道？」巴顏道：「我如說謊，你再削我頭皮不遲。」

韋小寶沉吟片刻，道：「好，那麼我問你，是誰叫你到淸涼寺來的？」巴顏道：「是五台山菩薩頂眞容院的大喇嘛勝羅陀派我來的。」澄光道：「阿彌陀佛，五台山靑廟黃廟，從無仇怨，菩薩頂的大喇嘛怎會叫你來搗亂？」巴顏道：「我也不是來搗亂。勝羅陀師兄命我來找一個三十來歲的和尚大人物，說他盜了我們青海活佛的寶經，到清涼寺中躲了起來，因此非揪他出來不可。」澄光道：「阿彌陀佛，那有此事？」

韋小寶提起匕首，喝道：「你說謊，我削開你的頭皮瞧瞧。」

巴顏叫道：「沒有，沒有說謊。你不信去問勝羅陀師兄好了。他說，我們要假裝走失了一個小喇嘛，其實是在找那中年和尚大人物，又說那位皇甫先生認得這和尚，請他陪著來找人。勝羅陀師兄說，這和尚偷的是我們密宗的秘密藏經《大毘盧遮那佛神變加持經》，非同小可。如果我拿到了這和尚，那是一件大功，回到青海，活佛一定重重有賞。勝羅陀師兄說，這位和尚大人物，確是在五台山清涼寺中，最近得到消息，神……神龍教也要請他去，咱們可得先……先下手為強。」

韋小寶聽他連「神龍教」三字也說了出來，料想不假，問道：「你師兄還說些甚麼？」說著將匕首平面在他頭頂敲了一下。

巴顏道：「我師兄說，到清涼寺去請這位大人物，倒也不難，就怕神龍教得知訊息，也來搶奪，因此勝羅陀師兄請北京的達和爾師兄急速多派高手，前來相助。如果桑結大喇嘛已到了北京，他老人家當世無敵，親來主持，那就……那就萬失無一……」

韋小寶笑罵：「他媽的！萬無一失，甚麼『萬失無一』？」自己居然能糾正別人說成語的錯誤，那是千載難逢、萬中無一之事，甚覺得意。

巴顏道：「是，是，是萬……萬一無失……」韋小寶笑道：「你喇嘛奶奶的，還是說錯了。還有呢？」巴顏道：「沒有了，下面沒有了。」韋小寶罵道：「他媽的，甚麼下面沒有了？是我下面沒有了，還是你下面沒有了？」巴顏道：「大……大家下面沒有了。」韋小寶道：「甚麼大家下面沒有了？」巴顏道：「下面沒有話了。」韋小寶哈哈一笑，問道：「那皇甫閣是甚麼人？」巴顏道：「他是勝羅陀師兄請來的幫手，昨晚才到的。」

韋小寶點點頭，向澄光道：「方丈，我要審那個佛光寺的胖和尚了，你如不好意思，不妨在窗外聽著。」澄光忙道：「最好，最好。」命人將巴顏帶出，將心溪帶來，自己回去禪房，也不在窗外聽審。

心溪一進房就滿臉堆笑，說道：「兩位施主年紀輕輕，武功如此了得，老衲固然見所未見，且是聞所未聞，少年英雄，眞了不起！」韋小寶罵道：「操你奶奶的，誰要你拍馬屁？」向他屁股上一腳踢去。心溪臀上雖痛，臉上笑容不減，說道：「是，是，凡眞正的英雄好漢，是決不愛聽馬屁的。不過老和尚說的是眞心話，算不得拍馬屁。」

韋小寶道：「我問你，你到清涼寺來發瘋，是誰派你來的？」心溪道：「施主問起，老僧不敢隱瞞。五台山菩薩頂眞容院大喇嘛勝羅陀，奉了青海法諭，叫人送了二百兩銀子給我，請我陪他師弟巴顏，到清涼寺來找一……找一個人。老僧無功不受祿，只得陪他走一遭。」韋小寶又一腳踢去，罵道：「胡說八道，你還想騙我？快說老實話。」心溪道：「是，是，不瞞施主說，大喇嘛送了我三百兩銀子。」韋小寶道：「明明是一千兩。」心溪道：「實實在在是五百兩，再多一兩，老和尚不是人。」

韋小寶問道：「那皇甫閣又是甚麼東西？」心溪道：「這下流胚子不是好東西，是巴顏這鬼喇嘛帶來的。施主放了我之後，老僧立刻送他到五台縣去，請知縣大人好好治罪。清涼寺是佛門清淨之地，怎容他來胡作非爲？小施主，那幾條人命，連同死了的幾個喇嘛，咱們都推在他頭上。」韋小寶臉一沉，道：「明明都是你殺的，怎能推在旁人頭上？」心溪求道：「好少爺，你饒了我罷。」

韋小寶叫人將心溪帶出，帶了皇甫閣來詢問。這人卻十分硬朗，一句話也不回答。對韋小寶匕首的威嚇固然不加理睬，而雙兒點他「天谿穴」穴道，他疼痛難當，忍不住呻吟，對韋小寶的問話卻始終不答，只說：「你有種就將爺爺一刀殺了，折磨人的不是好漢。」韋小寶倒敬他是條漢子，道：「好，我們不折磨你。」命雙兒解了他「天谿穴」的穴道。

他命人將皇甫閣帶出後，又去請了澄光方丈來，道：「這件事如何了局，咱們得跟那位大人物商量商量。」澄光搖頭道：「他是決計不見外人的。」

韋小寶怫然道：「甚麼不見外人？剛才不是已經見過了？我們如拍手不管，他還不是給人捉了去？不出幾天，北京大喇嘛又派人來，有個甚麼天下無敵的大高手，又還有甚麼神龍教、烏龜教的，就算我們肯幫忙，也抵擋不了這許多人。」澄光道：「也說得是。」

韋小寶道：「你去跟他說，事情緊急，非商量個辦法出來不可。」澄光搖頭道：「老衲答允過，寺中連老衲在內，誰都不跟他說話。」韋小寶道：「好，我可不是你們寺裏的和尚，我去跟他說話。」澄光道：「不行，不行。小施主一進僧房，他師弟那個莽和尚行顛，就會一杵打死了你。」韋小寶道：「他打不死我的。」

澄光向雙兒望了一眼，說道：「你就算差尊价將行顛和尚點倒，行癡仍不會跟你說話。」韋小寶道：「行癡？他法名叫作行癡？」澄光道：「是。原來施主不知。」

韋小寶嘆了口氣，說道：「既然如此，我也沒法可施了。你既沒有『萬失無一』的好法子，可惜清涼寺好好一所古廟，卻在你方丈手裏敎毀了。」

澄光愁眉苦臉，連連搓手，忽道：「我去問問玉林師兄，或者他有法子。」韋小寶道：「這位玉林大師是誰？」澄光道：「是行癡的傳法師父。」

韋小寶喜道：「好極，你帶我去見這位老和尚。」

當下澄光領著韋小寶和雙兒，從清涼寺後門出去，行了里許，來到一座小小舊廟，廟上也無匾額。澄光逕行入內，到了後面禪房，只見一位白鬚白眉的老僧坐在蒲團上，正自閉目入定，對三人進來，似乎全然不覺。

澄光打個手勢，輕輕在旁邊的蒲團上坐下，低目垂眉，雙手合什。韋小寶肚裏暗笑，跟著也在旁邊一個蒲團上坐下。雙兒站在他身後。四下裏萬籟無聲，這小廟中似乎就只這個老僧。

過了良久，那老僧始終紋絲不動，便如死了一般，澄光竟也不動。韋小寶手痲腳酸，老大不耐煩，站起了又坐倒，坐倒又站起，心中對那老僧的十八代祖宗早已罵了數十遍。

又過良久，那老僧吁了口氣，緩緩睜眼，見到面前有人，也不感驚奇，只微微點了點頭。澄光道：「師兄，行癡塵緣未斷，有人找上寺來，要請師兄佛法化解。」那老僧玉林道：「境由心生，化解在己。」澄光道：「外魔極重，清涼寺有難。」便將心溪、巴顏、皇甫閣等人意欲劫持行癡，幸蒙韋小寶主僕出手相救等情說了，又說雙方都死了數人，看來對方不肯善罷干休。玉林默默聽畢，一言不發，閉上雙目，又入定去了。

韋小寶大怒，霍地站起，破口大罵：「操……」只罵得一個字，澄光連打手勢，求他不可生氣，又求他坐下來等候。

這一回玉林入定，又是小半個時辰。韋小寶心想：「天下強盜賊骨頭，潑婦大混蛋，也都沒這老和尚討厭。」好不容易玉林又睜開眼來，問道：「韋施主從北京來？」

韋小寶道：「是。」玉林又問：「韋施主在皇上身邊辦事？」韋小寶大吃一驚，跳起身來，道：「你……你……你怎知道？」玉林道：「老衲只是猜想。」韋小寶心想：「這老和尚邪門，只怕眞有些法力。」心中可不敢再罵他了，規規矩矩的坐了下來。

玉林道：「皇上差韋施主來見行癡，有甚麼說話？」韋小寶心想：「這老和尚甚麼都知道，瞞他也是無用。」說道：「皇上得知老皇爺尚在人世，又喜又悲，派我來向老皇爺磕頭請安。如果……如果老皇爺肯返駕回宮，那再好不過了。」康熙本說查明眞相之後，自己上五台山來朝見父皇，這話韋小寶卻瞞住了不說。玉林道：「皇上命施主帶來甚麼信物？」韋小寶從貼肉裏衣袋中，取出康熙親筆所寫御札，雙手呈上，道：「大師請看。」

御札上寫的是：「**敕令御前侍衛副總管欽賜穿黃馬褂韋小寶前赴五台山一帶公幹，各省文武官員受命調遣，欽此。**」下面還蓋了個硃紅大印。

玉林接過看了，還給韋小寶，道：「原來是御前侍衛副總管韋大人，多有失敬了。」韋小寶心下得意：「你可不敢再小覷我了罷？」可是見玉林臉上神色，也沒甚麼恭敬之意，心中的得意又淡了下來。

玉林道：「韋施主，以你之意，該當如何處置？」韋小寶道：「我要叩見老皇爺，聽老皇爺的吩咐。」玉林道：「他以前富有四海，可是出家之後，塵緣早已斬斷，『老皇爺』三字，再也休得提起，以免駭人聽聞，擾了他的清修。」韋小寶默然不答。

玉林又道：「請回去啓奏皇上，行癡不願見你，也不願再見外人。」韋小寶道：「皇上是他兒子，可不是外人。」玉林道：「甚麼叫出家？家已不是家，妻子兒女都是外人了。」

韋小寶心想：「看來都是你這老和尚在搗鬼，從中阻攔。老皇爺就算不肯回宮，也不至於連兒子也不見。」說道：「既然如此，我去調遣人馬，上五台山來保護守衛，不許閒雜人等進寺來囉唣滋擾。」

玉林微微一笑，說道：「這麼一來，清涼寺變成了皇宮內院、官府衙門；韋大人這位御前侍衛副總管，變成在清涼寺當差了。那麼行癡還不如回北京皇宮去直截了當。」

韋小寶道：「原來大師另有保護老……他老人家的妙法，在下洗……洗耳恭聽。」

玉林微笑道：「韋施主小小年紀，果然是個厲害腳色，難怪十幾歲的少年，便已做到這樣的大官。」頓了一頓，續道：「妙法是沒有，出家人與世無爭，逆來順受。多謝韋施主一番美意，清涼寺倘然眞有禍殃，那也是在劫難逃。」說著合什行禮，閉上雙目，入定去了。

澄光站起身來，打個手勢，退了出去，走到門邊，向玉林躬身行禮。韋小寶向玉林扮個鬼臉，伸伸舌頭，右手大拇指按住自己鼻子，四指向著玉林招了幾招，意思是說：

「好臭，好臭！」玉林閉著眼睛，也瞧不見。

三人來到廟外，澄光道：「玉林大師是得道高僧，已有明示。老衲去將心溪方丈他們都放了。韋施主，今日相見，也是有緣，這就別過。」說著雙手合什，鞠躬行禮，竟不讓他再進清涼寺去。

韋小寶心頭火起，說道：「很好，你們自有萬失無一的妙計，倒是我多事了。」命雙兒去叫了于八等一干人，逕自下山，又回到靈境寺去借宿。

他昨晚在靈境寺曾布施了七十兩銀子。住持見大施主又再光降，殷勤相待。

在客房之中，韋小寶一手支頤，尋思：「老皇爺是見到了，原來他一點也不老，卻是危險得緊，青海喇嘛要捉他，神龍教又要捉他。那玉林老賊禿裝模作樣，沒點屁本事，澄光方丈一個人又有甚麼用？只怕幾天之後，老皇爺便會給人捉了去。我又怎生向小玄子交代？」

一轉頭，見雙兒秀眉緊鎖，神色不快，問道：「雙兒，甚麼事不高興？」雙兒道：「沒甚麼。」韋小寶道：「你一定有心事，快跟我說。」雙兒道：「眞的沒甚麼。」韋小寶一轉念，道：「啊，我知道啦。你怪我在朝廷裏做官，一直沒跟你說。」雙兒眼眶兒紅了，道：「韃子皇帝是大壞人，相公你……怎麼做他們的官？而且還做了大官。」

說著淚水從雙頰上流下。

韋小寶一呆，道：「儍孩子，那又用得著哭的。」雙兒抽抽噎噎的道：「三少奶把我給了相公，吩咐我服侍你，聽你的話。可是……可是你在朝裏做……做大官，我爸爸、媽媽，還有兩個哥哥，都是給惡官殺死的，你……你……」說著放聲哭了出來。

韋小寶一時手足無措，忙道：「好啦，好啦！現下甚麼都不瞞你。老實跟你說，我做官是假的，我是天地會青木堂的香主，我早跟你三少奶說過了。我們天地會專跟朝廷作對。我師父是天地會的總舵主，『天父地母，反淸復明』，你懂了嗎？我師父派我混進皇宮裏去做官，爲的是打探韃子的消息。這件事十分秘密，倘若給人知道了，我可性命不保。」

雙兒伸手按住韋小寶嘴唇，低聲道：「那你快別說了。都是我不好，逼你說出來。」說著破涕爲笑，又道：「相公是好人，當然不會去做壞事。我……我眞是個笨丫頭。」

韋小寶笑道：「你是個乖丫頭。」拉著她手，讓她坐在炕沿上自己身邊，低聲將順治與康熙之間的情由說了，又道：「小皇帝還只十幾歲，只比我稍大一點兒，他爹爹出家做了和尚，不要他了，你想可憐不可憐？今天來捉老皇帝的那些傢伙，都是大壞人，虧得你救了他。」雙兒吁了口氣，道：「我總算做了一件好事。」韋小寶道：「不過送佛送上西天。那些人又給方丈放了，他們一定不甘心，回頭又要去捉那老皇帝，將他身上的肉一塊塊割下來，煮來吃了，豈不糟糕？」他知雙兒心好，要激她勇於救人，故意將順治的處境說得十分悲慘。

雙兒身子一顫，道：「他們要吃他的肉，那爲甚麼？」韋小寶道：「唐僧和尙到西天取經，這故事你聽過麼？」雙兒道：「聽過的，還有孫悟空、豬八戒。」韋小寶道：「一路上有許多妖怪，都想吃唐僧的肉，說他是聖僧，吃了他的肉就成佛成仙。」雙兒道：「啊，我明白啦，這些壞人以爲老皇帝和尙也是聖僧。」韋小寶道：「是啊，你眞聰明。老皇帝和尙好比是唐僧，那些壞人是妖怪，我是孫猴兒孫行者，你就是……是……」說著雙掌放在自己耳旁，一招一晃，作搧風之狀。雙兒笑道：「你說我是豬八戒？」韋小寶道：「你相貌像觀音菩薩，不過做的是豬八戒的事。」

雙兒連忙搖手，道：「別說冒犯菩薩的話。相公，你做觀音菩薩身邊的那個善才童子紅孩兒，我就是……」說到這裏，臉上一紅，下面的話咽住不說了。韋小寶道：「不錯！我做善才童子，你就是龍女。咱二人老是在一起，說甚麼也不分開。」雙兒臉頰更加紅了，低聲道：「我自然永遠服侍你，除非……除非你不要我了，把我趕走。」

韋小寶伸掌在自己頭頸裏一斬，道：「就是殺了我頭，也不趕你走。除非你不要我了，自己偷偷走了。」雙兒也伸掌在自己頸裏一斬，道：「殺了我頭，也不會走。」兩人同時哈哈大笑。雙兒自跟著韋小寶後，主僕之分守得甚嚴，極少跟他說笑，這時聽韋小寶吐露眞相，並非眞的做韃子的大官，心中甚是歡暢。兩人這麼一笑，情誼又親密了幾分。

韋小寶道：「好，我們自己的事情說過了。可怎麼想個法兒，去救唐僧？」

雙兒笑道：「救唐僧和尙，總是齊天大聖出主意，豬八戒只是個跟屁蟲。」韋小寶笑道：「豬八戒有你這樣好看，唐僧也不出家做和尙了。」雙兒問道：「那爲甚麼？」韋小寶道：「唐僧自然娶了豬八戒做老婆啦。」雙兒噗哧一聲，笑了出來，說道：「豬八戒是豬羅精，肥頭搭耳的，誰討他做老婆啊？」

韋小寶聽她說到娶豬玀精做老婆，忽然想起那口「茯苓花雕豬」沐劍屛來，不知她和方怡此刻身在何處，是否平安。

雙兒見韋小寶呆呆出神，不敢打亂他思路。過了一會，韋小寶道：「得想個法子，別讓壞人捉了老皇帝去。雙兒，譬如有一樣寶貝，很多賊骨頭都想去偷，咱們使甚麼法兒，好教賊骨頭偷不到？」雙兒道：「見到賊骨頭來偷寶貝，便都捉了起來。」韋小寶搖頭道：「賊骨頭太多，捉不完的。我們自己去做賊骨頭。」雙兒道：「我們做賊骨頭？」韋小寶道：「對！我們先下手爲強，將寶貝偷到了手，別的賊骨頭就偷不到了。」雙兒拍手笑道：「我懂啦，我們去把老皇帝和尙捉了來。」韋小寶道：「正是。事不宜遲，立刻就走。」

兩人來到清涼寺外，韋小寶道：「天還沒黑，偷東西偷和尚，都得等到天黑了才幹。」兩人躲在樹林之中，好容易等到滿山皆暗，萬籟無聲。韋小寶低聲道：「寺裏只方丈一人會武功，好在他日裏打鬥受了傷，一定在躺著休息。你去將那肸大和尚行顛點倒了，我們便可將老皇帝和尚偷出來。只是那行顛力氣極大，那根黃金杵打人可厲害得很，須當小心。」雙兒點頭稱是。

傾聽四下無人，兩人輕輕爬進圍牆，逕到順治坐禪的僧房之外，見板門已然關上，但那門板日間給人踢壞了，一時未及修理，只這麼擱著擋風。

雙兒貼著牆壁走近，將門板向左一拉，只見黃光閃動，呼的一聲響，黃金杵從空隙中擊了出來。雙兒待金杵上提，疾躍入內，伸指在行顛胸口要穴連點兩指，低聲道：「眞對不住！」提起雙手，抱住了他手中金杵。行顛穴道受制，身子慢慢軟倒。這金杵重達百餘斤，雙兒若不抱住，落將下來，非壓碎他腳趾不可。

韋小寶跟著閃進，拉上了門板。黑暗中隱約見到有人坐在蒲團之上，韋小寶料知便是法名行癡的順治皇帝，當即跪倒磕頭，說道：「奴才韋小寶，便是日裏救駕的，請老皇爺不必驚慌。」

行癡默不作聲。韋小寶又道：「老皇爺在此清修，本來很好，不過外面有許多壞人，想捉了老皇爺去，要對你不利。奴才為了保護老皇爺，想請你去另一個安穩所在，免得給壞人捉到。」行癡仍然不答。韋小寶道：「那麼就請老皇爺和奴才一同出去。」

隔了半晌，見他始終盤膝而坐，一動不動。這時韋小寶在黑暗中已有好一會，看得清楚些了，見行癡坐禪的姿勢，便和日間所見的玉林一模一樣，也不知他是真的入定，還是對自己不加理睬，說道：「老皇爺的身分已經洩漏，清涼寺中沒人能夠保護。敵人去了一批，又來一批，老皇爺終究會給他們捉去。還是換一個清靜的地方修行罷。」行癡仍然不答。

行顛忽道：「你們兩個小孩是好人，日裏幸虧你們救我。我師兄坐禪，不跟人說話。你要他去那裏？」他嗓音本來極響，拚命壓低，變成十分沙啞。

韋小寶站起身來，說道：「隨便去那裏都好。你師兄愛去那裏，咱們便護送他去。只要那些壞傢伙找他不到，你們兩位就可安安靜靜的修行唸佛了。」行顛道：「我們是不唸佛的。」韋小寶道：「不唸佛就不唸佛。雙兒，你快將這位大師的穴道解了。」

雙兒伸手在行顛背上和脅下推拿幾下，解了穴道，說道：「眞對不住！」

行顛向行癡恭恭敬敬的道：「師兄，這兩個小孩請我們出去暫且躲避。」

行癡道：「師父可沒叫我們離去清涼寺。」說話聲音甚是清朗。韋小寶直到此刻，才聽到他的話聲。

行顛道：「敵人如再大舉來攻，這兩個小孩抵擋不住。」

行癡道：「境自心生。要說凶險，天下處處凶險；心中平安，世間事事平安。日裏你殺傷多人，大造惡業，此後無論如何不可妄動無明。」

行顛呆了半晌，道：「師兄指點得是。」回頭向韋小寶道：「師兄不肯出去，你們都聽到了。」韋小寶皺眉道：「倘若敵人來捉你師兄，一刀刀將他身上的肉割下來，那便如何是好？」行顛道：「世人莫有不死，多活幾年，少活幾年，也沒甚麼分別。」韋小寶道：「甚麼都沒分別，那麼死人活人沒分別，男人女人沒分別，和尚和烏龜豬玀也沒分別？」行顛道：「衆生平等，原是如此。」

韋小寶心想：「怪不得一個叫行癡，一個叫行顛，果然是痴的顛的。要勸他們走，那是不成功的了。如將老皇爺點倒，硬架了出去，實在太過不敬，也難免給人瞧見。」一時束手無策，心下惱怒，按捺不住，便道：「甚麼都沒分別，那麼皇后和端敬皇后也沒分別，又爲甚麼要出家？」

行癡突然站起，顫聲道：「你……你說甚麼？」

韋小寶一言出口，便已後悔，當即跪倒，說道：「奴才胡說八道，老皇爺請勿動怒。」行癡道：「從前之事，我早忘了，你何以又如此稱呼？快請起來，我有話請問。」韋小寶道：「是。」站起身來，心想：「你給我激得開口說話，總算有了點眉目。」

行癡問道：「兩位皇后之事，你從何處聽來？」韋小寶道：「是聽海大富跟皇太后說的。」行癡道：「你認得海大富？他怎麼了？」韋小寶道：「他給皇太后殺了。」行癡驚呼一聲，道：「他死了？」韋小寶道：「皇太后用『化骨綿掌』功夫殺死了他。」行癡顫聲道：「皇太后怎麼……會武功？你怎知道？」韋小寶道：「海大富和皇太后在慈寧宮花園裏動手打鬥，我親眼瞧見的。」行癡道：「你是甚麼人？」

韋小寶道：「奴才是御前侍衛副總管韋小寶。」隨即又加上一句：「當今皇上親封的，有御札在此。」說著將康熙的御札取出來呈上。

行癡呆了片刻，並不伸手去接，行顫道：「這裏從來沒燈火。」行癡嘆了口氣，問道：「小皇帝身子好不好？他……他做皇帝快不快活？」

韋小寶道：「小皇帝得知老皇爺健在，恨不得插翅飛上五台山來。他在宮裏大哭大叫，又悲傷，又歡喜，說甚麼要上山來。後來……後來恐怕誤了朝廷大事，才派奴才先來向老皇爺請安。奴才回奏之後，小皇帝便親自來了。」

行癡顫聲道：「他……他不用來了。他是好皇帝，先想到朝廷大事，可不像我……」說到這裏，聲音已然哽咽。黑暗之中，聽到他眼淚一滴滴落上衣襟的聲音。

雙兒聽他流露父子親情，胸口一酸，淚珠兒也撲簌簌的流了下來。

韋小寶心想良機莫失，老皇爺此刻心情激動，易下說辭，便道：「海大富一切都查得清清楚楚了，皇太后先害死榮親王，又害死端敬皇后，再害死端敬皇后的妹子貞妃，後來又害死了小皇帝的媽媽。海大富甚麼都查明白了。皇太后知秘密已經洩漏，便親手打死了海大富，又派了大批人手，要上五台山來謀害老皇爺。」

榮親王和端敬皇后係遭武功好手害死，海大富早已查明，稟告了行癡，由此而回宮偵查兇手，但行癡說甚麼也不信竟是皇后自己下手，嘆道：「皇后是不會武功的。」

韋小寶道：「那晚皇太后跟海大富說的話，老皇爺聽了之後就知道了。」當下一一轉述那晚兩人對答的言語。他伶牙利齒，說得雖快，卻清清楚楚。

行癡原是個至性至情之人，只因對董鄂妃一往情深，這才在她逝世之後，連皇帝也不願做了，甘棄萬乘之位，幽閉斗室之中。雖參禪數年，但董鄂妃的影子在他心中何等深刻，一聽韋小寶提起，甚麼禪理佛法，霎時間都抛於腦後。海大富和皇太后的對答一句句在心中流過，悲憤交集，胸口一股氣塞住了，便欲炸將開來。

韋小寶說罷，又道：「皇太后這老……一不做，二不休，害了你老皇爺之後，要去害死小皇帝。她還要去挖了端敬皇后的墳，又要下詔天下，燒毀《端敬后語錄》，說《語錄》中的話都是放屁，那個家裏藏一本，都要抄家殺頭。」

這幾句話卻是他揑造出來的，可正好觸到行癡心中的創傷。他勃然大怒，伸手在大腿上用力一拍，喝道：「這賤人，我……我早就該將她廢了，一時因循，致成大禍！」

順治當年一心要廢了皇后，立董鄂妃爲后，但爲皇太后力阻，才擱了下來。董鄂妃倘若不死，這皇后之位早晚是她的了。

韋小寶道：「老皇爺，你看破世情，死不死都沒分別，小皇帝可死不得，端敬皇后的墳挖不得，《端敬后語錄》毀不得。」行癡道：「不錯，你說得很是。」韋小寶道：「所以咱們須得出去躲避，免得遭了皇太后的毒手。皇太后的手段是第一步殺你，第二步害小皇帝，第三步挖墳燒《語錄》。只要她第一步做不成功，第二步、第三步棋子便不能下了。」

順治七歲登基，二十四歲出家，此時還不過三十幾歲。他原本性子躁、火性大，說到頭腦淸楚，康熙雖小小年紀，比父親已勝十倍。因此沐王府中人想嫁禍吳三桂，詭計立爲康熙識破，韋小寶半眞半假的捏造了許多言語，行癡卻盡數信以爲眞。不過皇太后所要行的這三步棋，雖是韋小寶所捏造，但他是市井之徒，想法和陰毒女人也差不多。

行癡大聲道：「幸虧得你點破，否則當眞壞了大事。師弟，咱們快快出去。」行顚道：「是。」右手提起金杵，左手推開板門。

板門開處，只見當門站著一人。黑暗中行顚看不見他面貌，喝道：「誰？」舉起金杵。

那人道：「你們要去那裏？」

行顚吃了一驚，抛下金杵，躬身合什，叫道：「師父！」行癡也叫了聲：「師父。」

原來這人正是玉林。他緩緩的道：「你們的說話，我都聽到了。」

韋小寶心中暗叫：「他媽的，事情要糟！」

玉林沉聲道：「世間冤業，須當化解，一味躲避，終是不了。既有此因，便有此果，業既隨身，終身是業。」行癡拜伏於地，道：「師父教訓得是，弟子明白了。」玉林道：「只怕未必便這麼明白了。你從前的妻子要找你，便讓她來找。我佛慈悲，普渡衆生，她怨你、恨你、要殺你而甘心，你反躬自省，總有令她怨，令她恨，使得她決意殺你的因。你避開她，業因仍在，倘若派人殺了她，惡業更加深重了。」行癡顫聲道：「是。」

韋小寶肚裏大罵：「操你奶奶的老賊禿！我要罵你、打你、殺你，你給不給我打罵？給不給我割下你的老禿頭？」

只聽玉林續道：「至於那些喇嘛要捉你去，那是他們在造惡業，意欲以你爲質，挾制當今皇帝，橫行不法，虐害百姓。咱們卻不能任由他們胡行。眼前這裏是不能住了，你們且隨我到後面的小廟去。」他轉身出外。行癡、行顛跟了出去。

韋小寶和雙兒兩人跟著到了玉林坐禪的小廟。玉林對他們兩人猶如沒瞧見一般，毫不理會，逕在蒲團上盤膝坐了。行癡在他身邊的蒲團上坐下，行顛東張西望了一會，也在行癡的下首坐倒。玉林和行癡合什閉目，一動也不動，行顛卻睜大了圓圓的環眼，向空瞪視，終於也閉上眼睛，兩手按膝，過了一會，伸手去摸蒲團旁的金杵，唯恐失卻。

韋小寶向雙兒扮個鬼臉，裝模作樣的也在蒲團上坐下，雙兒挨著他身子而坐。韋小寶雖非孫悟空，但性子之活潑好動，也眞似猴兒一般，要他在蒲團上安安靜靜的坐上一時三刻，可眞要了他命。但老皇爺便在身旁，要他就此出廟而去，那是說甚麼也不肯的。他東一扭，西一歪，拉過雙兒的手來，在她手心中搔癢。雙兒強忍笑容，左手向玉林和行癡指指。

這麼挨了半個時辰，韋小寶忽想：「老皇爺學做和尚，總不成連大小便也忍得住。待他去大小便之時，我便去花言巧語，騙他逃走。」想到了這計策，身子便定了一些。

一片寂靜之中，忽聽得遠處響起許多人的腳步聲，初時還聽不眞切，後來腳步聲越響越近，一大羣人奔向清涼寺來。行顚臉上肌肉動了幾下，伸手抓起金杵，睜開眼來，見玉林和行癡坐著不動，遲疑了片刻，放下金杵，又閉上了眼。

只聽得這羣人衝進了清涼寺中，叫嚷喧嘩，良久不絕。韋小寶心道：「他們在寺裏找不到老皇爺，不會找上這裏來麼？且看你這老賊禿如何抵擋？」

果然又隔了約莫半個時辰，大羣人擁向後山，來到小廟外。有人叫道：「進去搜！」

行顚霍地站起，抓起了金杵，擋在禪房門口。

韋小寶走到窗邊，向外張去，月光下但見黑壓壓的都是人頭，回頭看玉林和行癡時，兩人仍坐著不動。雙兒悄聲道：「怎麼辦？」韋小寶低聲道：「待會這些人衝進來，咱們救了老皇爺，從後門出去。」頓了一頓，又道：「倘若途中失散，我們到靈境寺會齊。」雙兒點了點頭，道：「就怕我抱不起老……老皇爺。」韋小寶道：「只好拖著他逃走。」

驀地裏外面衆人紛紛呼喝：「甚麼人在這裏亂闖？」「抓起來！」「別讓他們進去！」「媽巴羔子的，拿下來！」

人影一晃，門中進來兩人，在行顛身邊掠過，向玉林合什躬身，便盤膝坐在地下，竟是兩名身穿灰衣的和尚。禪房房門本窄，行顛身軀粗大，當門而立，身側已無空隙，但這兩名和尚輕輕巧巧的竄了進來，似乎連行顛的衣衫也沒碰到，實不知他們是怎生進房來的。

外面呼聲又起：「又有人來了！」「攔住他！」「抓了起來！」卻聽得砰蓬、砰蓬之聲大作，有人飛了出去，摔在地下，禪房中卻又進來兩名和尚，一言不發，坐在先前進來的兩僧下首。

如此一對對僧人不斷陸續進來。韋小寶大感有趣，心想不知還有多少和尚到來，再來幾對，禪房便沒隙地可坐了。但來到第九對後便再無人來。

第九對中的一人竟是清涼寺的方丈澄光。韋小寶又奇怪，又欣慰：「這十七個和尚如果武功都跟澄光差不多，敵人再多，那也不怕。」

外面敵人喧嘩叫嚷，卻誰也不敢衝門。過了一會，一個蒼老的聲音朗聲說道：「少林寺硬要爲清涼寺出頭，將事情攬到自己頭上嗎？」禪房內衆人不答。隔了一會，外面那老者道：「好，今日就賣了少林寺十八羅漢的面子，咱們走！」外面呼嘯之聲此起彼伏，衆人都退了下去。

韋小寶打量那十八名僧人，年老的已六七十歲，年少的不過三十左右，或高或矮，或俊或醜，僧袍內有的突出一物，似是帶著兵刃，心想：「他們是少林寺十八羅漢，那麼澄光方丈也是十八羅漢之一了。玉林老賊禿有恃無恐，原來早約下了厲害的幫手保駕。這些和尚在這裏坐禪入定，不知要搞到幾時，老子可不能跟他們耗下去，坐啊坐的，韋小寶別坐得變成了韋老寶！」站起身來，走到行癡身前跪下，說道：「大和尚，有少林寺十八羅漢保駕，您大和尚是篤定泰山了。我這就要回去了，您老人家有甚麼吩咐沒有？」

行癡睜開眼來，微微一笑，說道：「辛苦你啦。回去跟你主子說，不用上五台山來擾我清修。就算來了，我也必定不見。你跟他說，要天下太平，『永不加賦』四字，務須牢牢緊記。他能做到這四字，便是對我好，我便心中歡喜。」

韋小寶應道：「是！」

行癡探手入懷，取了一個小小包裹出來，說道：「這部經書，去交給你主子。跟他說：天下事須當順其自然，不可強求。能給中原蒼生造福，那是最好。倘若天下百姓都要咱們走，那麼咱們從那裏來，就回那裏去。」說著在小包上輕輕拍了一拍。

韋小寶記起陶紅英的話來，心道：「莫非這又是一部《四十二章經》？」見行癡將小包遞來，伸雙手接過。

隔了半晌，行癡道：「你去罷！」韋小寶道：「是。」爬下磕頭。行癡道：「不敢當，施主請起。」

韋小寶站起身來，走向房門，突然間童心忽起，轉頭向玉林道：「老和尚，你坐了這麼久，不小便麼？」玉林恍若不聞。韋小寶嘻嘻一笑，一步跨出門檻。

行癡道：「跟你主子說，他母親再有不是，總是母親。不可失了禮數，也不可有怨恨之心。」韋小寶回過身來答應了，心道：「這句話我才不給你傳到呢。」行癡沉吟道：「要你主子一切小心。」韋小寶道：「是。」

韋小寶回到靈境寺，關上房門，打開包裹，果然是一部《四十二章經》，只不過書函是以黃綢所製。他琢磨行癡的言語，和陶紅英所說若合符節。行癡說：「倘若天下百姓都要咱們走，那麼咱們從那裏來，就回那裏去。」滿洲人從關外到中原，要回去的話，自是回關外了，行癡在這小包上拍了一拍，當是說滿洲人回去關外，可以靠了這小包而過日子。又想：「老皇爺命我將經書交給小玄子，我交是不交？我手中已有五部經書，再加上這一部，共有六部。八部中只差兩部了。倘若交給小玄子，只怕就有五部經書，也是無用。好在老皇爺說，就是小玄子上五台山來，他也不見，死無對證。這是送上門來的好東西，若不吞沒，對不起韋家祖宗。」但想小皇帝對自己十分信任，吞沒他的東西，未免愧對朋友，對朋友半吊子，就不是英雄好漢了，反正這經書自己也看不懂，還是去交給好朋友的爲是。

次晨韋小寶帶同雙兒、于八等一干人下山。這番來五台山，見到了老皇爺，不負康熙所託，途中還得了雙兒這樣一個美貌溫柔、武功高強的小丫頭，心中甚是高興。

走出十餘里，山道上迎面走來一個頭陀。這頭陀身材奇高，與那莽和尚行顛難分上下，只是瘦得出奇。澄光方丈已經甚瘦，這頭陀少說也比他還瘦了一半，臉上皮包骨頭，雙目深陷，當眞便如殭屍一般，這頭陀只怕要四個併成一個，才跟行顛身材差不多。他長髮垂肩，頭頂一個銅箍束住了長髮，身上穿一件布袍，寬寬盪盪，便如是掛在衣架上一般。

韋小寶見了他這等模樣，心下有些害怕，不敢多看，轉過了頭，閃身道旁，讓他過去。那頭陀走到他身前，卻停了步，問道：「你是從清涼寺來的麼？」韋小寶道：「不是。我們從靈境寺來。」那頭陀左手一伸，搭住他左肩，將他身子拗轉，跟他正面相對，問道：「你是皇宮裏的太監小桂子？」這隻大手在肩上一按，韋小寶登時全身皆軟，絲毫動彈不得，忙道：「胡說八道！你瞧我像太監麼？我是揚州韋公子。」

雙兒喝道：「快放手！怎地對我家相公無禮。」那頭陀伸出右手，按向雙兒肩頭，道：「聽你聲音，也是個小太監。」雙兒右肩一沉避開，食指伸出，疾點他「天谿穴」，噗的一聲，點個正著。可是手指觸處有如鐵板，只覺指尖奇痛，連手指也險些折斷，不禁「啊」的一聲呼叫，跟著肩頭一痛，已給那頭陀蒲扇般的大手抓住。

那頭陀嘿嘿嘿的笑了三聲，道：「你這小太監武功很好，厲害，眞正厲害。」雙兒飛起左腿，砰的一聲，踢在他胯上，這一下便如踢中了一塊大石頭，大叫一聲：「唉喲！」眼淚直流。

那頭陀道：「小太監武功了得，當眞厲害。」雙兒叫道：「我不是小太監！你才是小太監！唉喲！」那頭陀笑道：「你瞧我像不像太監？」雙兒叫道：「快放手！你再不放，我可要罵人啦。」那頭陀道：「你點我穴道，踢我大腿，我都不怕，還怕你罵人？你武功這樣高強，定是皇宮裏派出來的，我得搜搜。」

韋小寶道：「你武功更高，那麼你更是皇宮裏派出來的了。」

那頭陀道：「你這小太監纏夾不清。」左手提了韋小寶，右手提了雙兒，向山上飛步便奔。兩個少年大叫大嚷，那頭陀毫不理會，提著二人直如無物，腳下迅速之極。于八等人只瞧得目瞪口呆，那敢作聲。

那頭陀沿山道走了數丈，突然向山坡上無路之處奔去，當眞是上山如履平地。韋小寶只覺耳畔呼呼風響，心道：「這頭陀如此厲害，莫非是山神鬼怪？」

奔了一會，那頭陀將二人往地下一放，向上一指，道：「倘若不說實話，我提你們到這山峯上，擲了下來。」所指處是個極高的山峯，峯尖已沒入雲霧之中。

韋小寶道：「好，我說實話。」那頭陀問道：「那就算你識相。你到底是甚麼人？這小子是甚麼人？」韋小寶道：「大師父，她不是小子……她是我的……我的……」那頭陀道：「是你的甚麼人？」韋小寶道：「是我的……老婆！」

這「老婆」二字一出口，那頭陀和雙兒都大吃一驚。雙兒滿臉通紅。那頭陀奇道：「甚麼？甚麼老婆？」韋小寶道：「不瞞大師父說，我是北京城裏的富家公子，看中了隔壁鄰居的這位小姐，於是……我們私訂終身後花園，她爹爹不答允，我就帶了她逃出來。你瞧，她是個姑娘，怎麼會是小太監，眞是冤哉枉也了。你如不信，除下她帽子瞧瞧。」

那頭陀摘下雙兒的帽子，露出一頭秀髮，其時天下除了僧、道、頭陀、尼姑等出家人，都須剃去前半邊頭髮。雙兒長髮披將下來，直垂至肩，自是個女子無疑。

韋小寶道：「大師父，求求你，你如將我們送交官府，那我可沒命了。我給你一千兩銀子，你放了我們罷！」那頭陀道：「如此說來，你果然不是太監了。太監那有拐帶人家閨女私逃的？哼哼，你小小年紀，膽子倒不小。」說著放開了他，又問：「你們上五台山來幹甚麼？」韋小寶道：「我們上五台山來拜佛，求菩薩保祐，讓我落難公子中狀元，將來她……我這老婆，就能做一品夫人了。」甚麼「私訂終身後花園，落難公子中狀元」云云，都是他在揚州時聽說書先生說的。

那頭陀想了片刻，點頭道：「那麼是我認錯人了，你們去罷！」韋小寶大喜，道：「多謝大師。我們以後拜菩薩之時，求菩薩保祐，保祐你大師將來也……也做個大菩薩，跟文殊菩薩、觀音菩薩平起平坐。」攜了雙兒的手，向山下走去。

只走得幾步，那頭陀道：「不對，回來！小姑娘，你武功很了得，點我一指、踢我一腳。」說著摸了摸腰間「天谿穴」，問道：「你這武功是誰教的？是甚麼家數？」

雙兒可不會說謊，脹紅了臉，搖了搖頭。韋小寶道：「她這是家傳的武功，是她媽媽教的。」那頭陀道：「小姑娘姓甚麼？」韋小寶道：「這個，嘻嘻，說起來有些不大方便。」那頭陀道：「甚麼不方便？快說！」

雙兒道：「我們姓莊。」那頭陀搖頭道：「姓莊？不對，你騙人，天下姓莊的人中，沒有這樣的武功高手，能教了這樣的女兒出來。」韋小寶道：「天下武功好的人極多，你又怎能都知道？」那頭陀怒道：「我在問小姑娘，你別打岔。」說著輕輕在他肩頭一推。

這一推使力極輕，生怕這小孩經受不起，手掌碰上韋小寶肩頭，只覺他順勢一帶一卸，雖無勁力，所用招式卻是一招「風行草偃」，移肩轉身，左掌護面，右掌伏擊，居然頗有點兒門道。那頭陀微覺訝異，抓住了他胸口。韋小寶右掌戳出，一招「靈蛇出洞」，也使得分毫不錯，噗的一聲，戳在那頭陀頸下，手指如戳鐵板，「啊喲」一聲大叫。

雙兒雙掌飛舞，向頭陀攻去。那頭陀掌心發勁，已將韋小寶胸口穴道封住，回身相鬥。雙兒竄高伏低，身法輕盈，但那頭陀七八招後，兩手已抓住她雙臂，左肘彎過一撞，封住了她穴道，轉身問韋小寶：「你說是富家公子，怎地會使遼東神龍島的擒拿功夫？」

韋小寶道：「我是富家公子，爲甚麼不能使遼東神龍島功夫？難道定要窮家小子才能使麼？」口中敷衍，拖延時刻，心念電轉：「遼東神龍島功夫，那是甚麼功夫？是了，海老烏龜說過，老婊子假冒武當派，其實是遼東蛇島的功夫。那神龍島，多半便是蛇島。不錯，老婊子跟神龍教的人勾勾搭搭，他們嫌『蛇』字不好聽，自稱爲『神龍』。小玄子的功夫是老婊子教的，我時時和小玄子拆招比武，不知不覺學上了這幾下擒拿手法。」

那頭陀道：「胡說八道，你師父是誰？」

韋小寶心想：「如說這功夫是老婊子所教，等於招認自己是宮裏的小太監。」當即說道：「是我叔叔一個相好，一個胖姑娘柳燕姑姑教的。」那頭陀大奇，問道：「柳燕？柳姑娘是你叔叔的相好？你叔叔是甚麼人？」韋小寶道：「我叔叔韋大寶，是北京城裏有名的風流公子，白花花的銀子一使便是一千兩，相貌像戲台上的小生一樣。那胖姑娘一見就迷上他了。胖姑娘常常三更半夜到我家裏來，花園圍牆跳進跳出。我纏住要她教武功，她就教了我幾手。」那頭陀將信將疑，問道：「你叔叔會不會武功？」

韋小寶哈哈大笑，道：「他會屁武功？他常常給柳燕姑娘抓住了頭頸，提來提去，半點動彈不得。我叔叔急了，罵道：『兒子提老子。』柳燕姑姑笑道：『就是兒子提老子！孫子提爺爺也不打緊。』」

他繞著彎子罵人，那頭陀可絲毫不覺，追述柳燕的形狀相貌，韋小寶竟說得分毫不錯，說道：「這個胖姑姑最愛穿紅繡鞋。大師父，我猜你愛上了她，是不是？幾時你見到她，就跟她一起睡覺，睡了永遠不起來好了。」

那頭陀怎知柳燕已死，這話似是風言風語，其實是毒語相咒，怒道：「小孩子家胡說八道！」但對他的話卻是信了，伸手在他小腹上輕輕一拍，解他穴道。不料這一記正拍在他懷中那部《四十二章經》上，啪的一聲，穴道並沒解開。

那頭陀道：「甚麼東西？」韋小寶道：「是我從家裏偷出來的一大疊銀票。」那頭陀道：「吹牛！銀票那有這麼多的？」探手到他懷裏一摸，拿了那包裹出來，解開看去，赫然是一部經書。他一怔之下，登時滿臉堆歡，叫道：「《四十二章經》，《四十二章經》！」急忙包好了，放入自己懷裏，抓住韋小寶胸口，將他高高舉起，厲聲喝道：「經書那裏來的？」

這一句話可不易答了，韋小寶笑道：「嘻嘻，你問這個麼？說來話長，一時之間，那說得完。」他拖延時刻，想說一番言語騙過這頭陀。要說經書從何而來，胡亂揑造個原由，自是容易之極，但經書已入他手，要再騙得回來，可就難了。

那頭陀大聲問道：「是誰給你的？」

韋小寶身在半空，突然見到山坡上有七八名灰衣僧人向上走來，看模樣便是清涼寺後廟所見少林十八羅漢中的人物，轉頭一看，又見到了幾名，連同西首山坡上來的幾名，共是十七八名，心下大喜，暗道：「賊頭陀，你武功再強，也敵不過少林十八羅漢。」

那頭陀又道：「快說，快說！」眼見韋小寶東張西望，順著他目光瞧去，見山坡上東、北、西三面緩緩上來十餘名和尚，卻也不放在心上，問道：「那些和尚來幹甚麼？」韋小寶道：「他們聽說大師父武功高強，十分佩服，前來拜你爲師。」

那頭陀搖頭道：「我從來不收徒弟。」大聲喝道：「喂，你們快快都給我滾蛋，別來囉唆！」這一聲呼喝，羣山四應，威勢驚人。

那十八名僧人恍若不聞，一齊上了山坡。一名長眉毛的老僧合什說道：「大師是遼東胖尊者麼？」

韋小寶身在半空，聽了這句話，忍不住哈哈大笑。這頭陀身材之瘦，世間罕有，這老和尚問他是不是胖尊者，那多半是譏刺於他了。

不料那頭陀大聲道：「我正是胖頭陀！你們想拜我爲師嗎？我不收徒弟！你們跟誰學過武功？」那老僧道：「老衲是少林寺澄心，忝掌達摩院，這裏十七位師弟，都是少林寺達摩院的同侶。」

胖頭陀「啊」的一聲，緩緩將韋小寶放下，說道：「原來少林寺達摩院的十八羅漢通統到了。你們不是想拜我爲師的。我一個人可打你們不過。」澄心合什道：「大家無冤無仇，都是佛門一派，怎地說到個『打』字？『羅漢』是佛門中聖人，我輩凡夫俗子，如何敢當此稱呼？武林中朋友胡亂以此尊稱，殊不敢當。遼東胖瘦二尊者，神功無敵，我們素來仰慕，今日有緣拜見，實是大幸。」說到這裏，其餘十七名僧人一齊合什行禮。

胖頭陀躬身還禮，還沒挺直身子，便問：「你們到五台山來，有甚麼事？」

澄心指著韋小寶道：「這位小施主，跟我們少林寺頗有些淵源，求大師高抬貴手，放了他下山。」胖頭陀略一遲疑，眼見對方人多勢衆，又知少林十八羅漢個個武功驚人，單打獨鬥並不在乎，他十八人齊上就對付不了，便道：「好，看在大師面上，就放了他。」說著俯身在韋小寶腹上揉了幾下，解開了他穴道。

韋小寶一站起，便伸出右掌，說道：「那部經書，是這十八羅漢的朋友交給我的，命我送去……送去少林寺，交給住持方丈，你還給我罷。」胖頭陀怒道：「甚麼？這經書跟少林寺有甚麼相干？」韋小寶大聲道：「你奪了我的經書，那是老和尚叫我去交給人的，非同小可，快快還來！」

胖頭陀道：「胡說八道！」轉身便向北邊山坡下縱去。三名少林僧飛身而起，伸手往他臂上抓去。胖頭陀不敢和眾僧相鬥，側身避開了三僧的抓掌，他身形奇高，行動卻輕巧無比。少林三僧這一抓都是少林武功的絕頂高招，竟沒碰到他衣衫。但胖頭陀這麼慢得瞬息，已有四名少林僧攔在他身後，八掌交錯，擋住了他去路。

胖頭陀鼓氣大喝，雙掌一招「五丁開山」推出，乘著這股威猛之極的勢道，回頭向南，疾衝而前。四名少林僧同時出掌，分擊左右。胖頭陀雙掌掌力和四僧相接，只覺左方擊來掌力甚是剛硬，右方二僧掌力中卻含有綿綿柔勁，不由得心中一驚，雙掌運力，將對方掌力卸去，便在此時，背後又有三隻手掌抓來。

胖頭陀一瞥之間，見左側又有二僧揮掌擊到，當即雙足一點，向上躍起，但見背後三僧伸出的手掌各各不同，分具「龍爪」、「虎爪」、「鷹爪」三形，心下登時怯了，大袖急轉，捲起一股旋風，左足落地，右手已將韋小寶抓起，叫道：「要他死，還是要他活？」

十八少林僧或進或退，結成兩個圓圈，分兩層團團將胖頭陀圍住。澄心說道：「這位小施主那部經書，干係重大，請大師施還，結個善緣。我們感激不盡。」

胖頭陀右手將韋小寶高高提起，左掌按在他天靈蓋上，大踏步向南便走。

這情勢甚是分明，倘若少林僧出手阻攔，他左掌微一用力，韋小寶立時頭蓋破裂。擋在南方的幾名少林僧略一遲疑，唸聲「阿彌陀佛」，只得讓開。

胖頭陀提著韋小寶向南疾行，越走越快。少林寺十八羅漢展開輕功，緊緊跟隨。

這時雙兒被封閉的穴道已得少林僧解開，眼見韋小寶被擒，心下驚惶，提氣急追。她拳腳功夫因得高人傳授，頗爲了得，可是畢竟年幼，內力修爲和十八少林僧相差極遠，加上身矮步短，只趕出一二里，已遠遠落後，她心中一急，便哭了出來，一面哭，一面仍然急奔。

但見胖頭陀提了韋小寶，向正南的一座高峯疾馳而上。十八少林僧排成一線，自後緊追。雙兒奔到峯腳，已然氣喘吁吁，仰頭見山峯甚高，心想這惡頭陀將相公捉到山峯頂上，萬一失足，摔將下來，惡頭陀未必會摔死，相公那裏還有命？正惶急間，忽聽得隆隆聲響，一塊塊大石從山道上滾了下來，十八少林僧左縮右躍，不住閃避。原來胖頭陀上峯之時，不斷踢動路邊巖石，滾下阻敵。十八少林僧怎能讓巖石砸傷？可是跟他相距卻更加遠了。澄光方丈和皇甫閣動手時胸口受傷，內力有損，又落在十七僧之後。

雙兒提氣上峯，叫道：「方丈大師，方丈大師！」澄光回過頭來，站定了等她，見她奔得上氣不接下氣，神色驚惶，安慰她道：「別怕！他不會害你公子的。」怕她急奔受傷，拉住她手，緩緩上山。雙兒心中稍慰，問道：「方丈，他……他會不會傷害相公？」澄光道：「不會的。」他話是這麼說，可是眼見胖頭陀如此兇狠，又怎能斷定？

這山峯是五台山的南台，幸好山道曲折，轉了幾個彎，胖頭陀踢下的石塊便已砸不到人了。待得雙兒隨著澄光走上南台頂，只見十七名少林僧團團圍住了一座廟宇，胖頭陀和韋小寶自然是在廟內。

五台山共有五座高峯，峯頂各有一廟。五台山是佛教中文殊菩薩演教之場，峯頂每座廟中所供文殊名號不同，以文殊菩薩神通廣大，以不同世法現身。東台望海峯，建望海寺，供聰明文殊；北台業斗峯，建靈應寺，供無垢文殊；中台翠巖峯，建演教寺，供儒童文殊；西台掛月峯，建法雷寺，供獅子文殊；南台錦繡峯，建普濟寺，供智慧文殊。衆人所登的山峯便是錦繡峯，那座廟便是普濟寺。

雙兒叫了幾聲：「相公，相公！」不聞應聲，拔足便奔進寺去。

雙兒直衝進殿，只見胖頭陀站在大雄寶殿滴水簷口，右手仍抓著韋小寶。雙兒撲將過去，叫道：「相公，惡頭陀沒傷了你嗎？」韋小寶道：「你別急，他不敢傷我的。」

胖頭陀怒道：「我爲甚麼不敢傷你？」韋小寶笑道：「你如動了我一根寒毛，少林十八羅漢捉住了你，將你回復原狀，再變成又矮又胖，那你可糟了。」

胖頭陀臉色大變，顫聲道：「甚麼回復原狀？你……你……怎麼知道？」

其實韋小寶一無所知，只是見他身形奇高極瘦，名字卻叫作「胖頭陀」，隨口亂說，不料誤打誤撞，竟似說中了他的心病。韋小寶鑒貌辨色，聽他語音中含有驚懼之情，當即嘿嘿冷笑，道：「我自然知道。」胖頭陀道：「諒他們也沒這本事。」

突然之間，胖頭陀右足飛出，砰的一聲巨響，將階前一個石鼓踢了起來，直撞上照壁，石屑紛飛，問雙兒道：「你來做甚麼？活得不耐煩了？」雙兒道：「我跟相公同生共死，你如傷了他半分，我跟你拚命。」胖頭陀怒道：「他媽的，這小鬼頭有甚麼好？你這女娃娃倒對他有情有義。」雙兒臉上一紅，答不出來，只道：「相公是好人，你是壞人。」

只聽得外面十八名少林僧齊聲口宣佛號：「阿彌陀佛，阿彌陀佛！胖尊者，請你把小施主放了，將經書還了他罷！你是武林中赫赫有名的英雄好漢，爲難一個小孩子，豈不貽笑天下？」

胖頭陀怒吼：「你們再囉唆不停，老子可要不客氣了。大家一拍兩散，老子殺了這小孩兒，毀了經書，瞧你們有甚麼法子！」

澄心道：「胖尊者，你要怎樣才肯放人還經？」胖頭陀道：「放人倒也可以，經書卻無論如何不能交還。」寺外衆僧寂然無聲。

胖頭陀四顧殿中情狀，籌思脫身之計。突然間灰影閃動，十八名少林僧竄進殿來。五名少林僧貼著左壁繞到他身後，五名少林僧沿著右壁繞到他身後，頃刻之間，又成包圍之勢。

胖頭陀怒道：「有種的就單打獨鬥，一個個來試試老子手段，你們就是車輪大戰，老子也不放在心上。」澄光合什道：「請恕老衲無禮，我們可要一擁齊上了。」

胖頭陀提起左足，輕輕踏在韋小寶頭上，嘿嘿冷笑。

韋小寶聞到他鞋底的爛泥氣息，又驚又怒，他這隻臭腳在自己頭上一擱，腦子竟也似胡塗了，一時無計可施，眼珠亂轉，要在殿上找些甚麼惹眼之物，胡說八道一番，引開胖頭陀的目光，只消他稍一疏神，少林僧便有相救之機。可是他腦袋給踏在腳下，只看得到向外的一面，但見院子裏有隻大石龜，背上豎著一塊大石碣。

韋小寶道：「胖尊者，你爹爹老是爬在院子裏，背上壓著幾萬斤的大石頭，那不太辛苦嗎？你也不救他一救，也眞不孝。」胖頭陀怒道：「甚麼我爹爹爬在院子裏？滿嘴胡說。」韋小寶道：「那《四十二章經》共有八部，你只拿得到一部，得不到其餘七部，單是一部經書，又有甚麼用？」胖頭陀急問：「另外七部在那裏？你知不知道？」

韋小寶道：「我自然知道。」胖頭陀道：「在那裏？快說，你如不說，我一腳踏碎了你腦袋。」韋小寶道：「我本來不知，剛才方知。」胖頭陀奇道：「剛才方知？那是甚麼意思？」

韋小寶伸長脖子，瞧著石碣。那石碣上刻滿彎彎曲曲的篆文，韋小寶自然不識，他卻假裝誦讀碑文，緩緩的道：「四十二章經，共分八部，第一部藏在河南省甚麼山甚麼寺之中。那幾個字我不認識。」胖頭陀問道：「甚麼字？」見他目光凝視院子中的石碣，奇道：「這塊石頭上刻明白了？」

韋小寶不理，作凝神讀碑之狀，道：「第二部藏在山西省甚麼山的甚麼尼姑庵中，胖老兄，這幾個字我不認得，字又刻得模糊，你文武全才，自己去瞧個明白。」

胖頭陀信以爲眞，俯身提起韋小寶，走到殿門口，細看石碣，碣上所刻的篆文，說是文字，自己可一字不識，但說不是文字，又刻在石碣上做甚？只聽韋小寶繼續唸道：「第三部在四川甚麼山？這字我又不識了。」胖頭陀早就聽人說過，《四十二章經》共有八部，必須八部齊得，方有莫大效用，至於藏在何處，他更一無所知，聽韋小寶這麼說，已無半分懷疑，問道：「第四部藏在那裏？」

韋小寶瞇著眼凝望石碣，腦袋先向左側，又向右側，搖了搖頭，道：「我看不清楚。」胖頭陀提起他身子，向石碣跨了三步，相距已近，滿臉詢問之色。韋小寶道：

「我頭上癢得很。」胖頭陀道：「甚麼？」韋小寶道：「這廟裏有跳蚤，在我頭髮裏咬我，胖老兄，你給我捉了出來。頭皮癢得厲害，眼睛就瞧不清楚。」胖頭陀除下他帽子，伸出一隻巨掌，五根棒槌般的大手指在他髮中搔了幾下，道：「好些了嗎？」韋小寶道：「不行，那跳蚤咬我左邊頭皮，你卻搔右邊，越搔越癢。」胖頭陀便去搔他左邊頭皮，韋小寶道：「啊喲，跳蚤跳到我頭頸裏了，你瞧見麼？」

胖頭陀明知他是在作怪，仍放鬆了他手腕，只左手輕輕按住他肩頭，防他逃脫，道：「你自己搔罷！」韋小寶道：「啊喲，這他奶奶的跳蚤好厲害，定是三年沒吃人血了，本來矮矮胖胖的，現在餓得又瘦又癟，拚命來給老子爲難。」說著左手伸入衣領，用力搔癢。胖頭陀知他繞個彎兒，又來罵自己是跳蚤，只裝作不知，問道：「第四部經書藏在那裏？」韋小寶道：「嗯，第四部經書，藏在甚麼山少……少林寺的達……達甚麼院啊？」胖頭陀吃了一驚，道：「藏在嵩山少林寺的達摩院？」

韋小寶見他對少林十八僧十分忌憚，而這些少林僧又說是達摩院的，便故意出個難題，作弄他一下，料想他縱有天大的膽子，也不敢到少林寺達摩院去盜經。

韋小寶說道：「這是『摩』字麼？我可不識得。胖老兄，你連這個難字都認得，又何必叫我讀？啊，是了，你是考考我。說來慚愧，每一行中，我倒有幾個字不識。」

胖頭陀斜眼察看少林衆僧，臉色怔忡不定，問道：「第五部藏在那裏？」

少林寺是武林中的大門派，韋小寶曾聽海大富說過，又聽他說太后冒充武當派，太后則說海大富是崆峒派，武當、崆峒，想來也是兩個大門派了，於是將第五部、第六部說成分藏武當、崆峒兩山之中。胖頭陀臉色越來越難看。韋小寶說第七部經書是雲南沐王府中的人得去了，第八部則是在「雲南甚麼西王的王府」之中。白寒楓曾給他吃過苦頭，這麼說可以給沐王府找些麻煩；吳三桂平西王府中好手如雲，連師父也甚爲忌憚，胖頭陀如敢去惹事生非，定會吃個大大的苦頭。

不料胖頭陀臉色大變，問道：「你說第八部經書是在平西王府中？」韋小寶道：「這個字我不識，不知是不是平西王。」胖頭陀大怒，猛喝：「胡說八道！這塊石碑沒一千年，也有五百年。吳三桂有多大年紀了？幾百年前的碑文，怎會寫上吳三桂的平西王？」

那石碣顏色烏黑，石龜和石碣上生滿了青苔，所刻的文字斑駁殘缺，一望而知是數百年前的古物。韋小寶不明此理，信口開河，扯到了吳三桂身上。他心中暗叫：「糟糕，糟糕！」嘴頭兀自強辯：「我說過不識得這個字，是你說平西王的，說不定古時候雲南有個狗西王、貓西王、烏龜西王呢。胖老兄，我跟你說，這些字彎彎曲曲，很是難認，你識得就識得，不識就不識，假裝識得，讀成了平西王吳三桂，這裏衆位大和尚個個學問高深，你亂讀白字，豈不笑歪了他們的嘴巴？」

這番話倒也極有道理，說得胖頭陀一張瘦臉登時滿面通紅。他倒並不生氣，點了點頭，說道：「這些蝌蚪字，我是一字不識，原來不是平西王。下面又寫著些甚麼字？」

韋小寶尋思：「好險！搶白了他一頓，才遮掩過去。可得說幾句好聽的話，教他開心開心。他將『蛇島』說成是『神龍島』，又認得肥豬柳燕，多半是神龍教中的人物。」側頭看了半晌，道：「下面好像是『壽與天……天……天……』天甚麼啊？」胖頭陀神色登時十分緊張，道：「你仔細看看，壽與天甚麼？」韋小寶道：「好像是一個……一個……嗯……一個『齊』字，對了，是『壽與天齊』！」胖頭陀大喜，雙手連搓，道：「果然有這幾句話，還有甚麼字？」韋小寶指著石碣，說道：「這些字古裏古怪的，當眞難認，是了，那是一個『洪』字，是『洪教主』三字，又有『神龍』二字！你瞧，那是『神通廣大』四字。」

胖頭陀「嘩」的一聲大叫，跳了起來，說道：「當眞洪教主有如此福份，壽與天齊？這千年石碑上早已寫上了？」

韋小寶道：「上面寫得有，這是……這是唐太宗李世民立的碑，派了秦叔寶、程咬金立的，碑上寫得明明白白，唐朝有個上知千年，下知千年的軍師，叫作徐茂功，他算到千年之後，大清朝有個神龍教洪教主，神通廣大，壽與天齊。」

揚州茶館中說書先生說隋唐故事，他聽得多了，甚麼程咬金、徐茂功的名字，爛熟於胸。其實徐茂功是唐朝開國大將徐勣，即與李靖齊名的英國公李勣，絕非捏指一算、便知過去未來的牛鼻子軍師，韋小寶卻那裏知道？他只求說得活龍活現，騙得胖頭陀暈頭轉向，十八少林僧便可乘機救他出去。至於「洪主教神通廣大，壽與天齊」云云，那是在莊家大宅之中，聽得章老三等神龍教教眾說的。果然胖頭陀一聽之下，抓頭搔耳，喜悅無限，張大了口合不攏來。

韋小寶道：「這塊大石頭後面，不知還寫了些甚麼。」胖頭陀道：「是！」繞到石碣後去察看。韋小寶一個箭步，向後跳出。胖頭陀一驚，忙伸手去抓。兩邊四名少林僧同時揮掌拍出。胖頭陀只得揮拳抵擋。韋小寶已跳到少林僧身後。頃刻間又有四名少林僧挺上。

八名少林僧足下不停，繞著胖頭陀急奔，手上不斷發招，一擊便走，此上彼落，十六條手臂分從八個方位打到，正是一個習練有素的陣法。

胖頭陀守勢甚是嚴密，但以一敵八，立時便感不支。只聽得啪啪兩聲，一名少林僧和胖頭陀各中一掌。那少林僧跳出圈子，另有一名僧人補了進來。再鬥一會，胖頭陀腿上給踢了一腳，他雙臂伸直，轉了一圈，將八名少林僧逼得各自退開兩步，叫道：「且住！」八僧又各退兩步。胖頭陀道：「今日寡不敵眾，經書就讓給你們罷！」伸手入懷，摸出了經書。

澄心左手一揮，八名少林僧踏上兩步，和胖頭陀相距不過三尺，各人提掌蓄勢。胖頭陀並不理會，伸手將經書交過。澄心丹田中內息數轉，周身布滿了暗勁，左手三指捏訣，攻守俱備之後，這才伸出右手，慢慢接過經書。

不料胖頭陀全無異動，交還了經書，微微一笑，說道：「澄心大師，你們少林寺十八羅漢名滿天下，十八人打我一個，未免不大光采罷！」

澄心將經書放入懷中，合什躬身，說道：「得罪了。少林僧單打獨鬥，不是胖尊者的對手。」左手一揮，衆僧同時退開，唯恐他又來捉韋小寶，五六名僧人都擋在他身前。

胖頭陀道：「韋施主，我有一事誠心奉懇，請你答允。」韋小寶道：「甚麼事？」胖頭陀道：「我想請你上神龍島去，做幾天客人。」韋小寶吃了一驚，道：「甚麼？要我去神龍島？這種地方……」胖頭陀道：「小施主的經書已由澄心大師收去，轉呈少林方丈。小施主來到神龍島，我們合教上下，決以上賓之禮恭敬相待，見過洪教主後，定然送小施主平安離島。」他見韋小寶扁了扁嘴，顯是決不相信自己的話，便道：「澄心大師，請你做個見證。胖頭陀說過的話，可有不作數的？」

澄心知這頭陀行事邪妄，但亦無重大惡行，他胖瘦二頭陀言出必踐，倒是早有所聞，說道：「胖尊者言出有信，衆所周知。只不過韋施主身有要事，恐怕未必有空去神龍島。」韋小寶道：「是啊，我忙死了，將來有空，再去神龍島會見胖尊者和洪教主罷。」

胖頭陀忙道：「該說洪教主和他老人家屬下的胖頭陀。第一，天下沒人可以排名在他老人家之上，先說旁人名字，再提洪教主，那是大大不敬。」韋小寶問道：「那麼皇帝呢？」胖頭陀道：「自然是洪教主在前，皇帝在後。第二，在教主他老人家面前，不得提甚麼『尊者』、『眞人』的稱呼。普天之下，唯洪教主一人爲尊。」

韋小寶一伸舌頭，道：「洪教主這麼厲害，我更加不敢去見他了。」

胖頭陀道：「洪教主仁慈愛衆，像小施主這等聰明伶俐的少年英雄，他老人家見了一定十分喜歡。小施主神龍島之行，必定滿載而歸。教主他老人家大有恩賜，那是不必說了，說不定他老人家一高興，傳你一招半式，從此小施主縱橫天下，終身受用不盡。」他這番話說得極是誠懇，熱切之意，見於顏色。本來他對韋小寶全不瞧在眼內，曾伸腳踏在他頭上，但這時滿口「小施主」，又說甚麼「聰明伶俐的少年英雄」，生怕韋小寶聽不清楚，將一條竹篙般的身子彎了下來，就著他說話。

韋小寶記起陶紅英的言語，在莊家看到章老三等一干人的舉止，又想起太后和柳燕、男扮女裝假宮女的模樣，對神龍教實是說不出的厭惡，相較之下，所識的神龍教人物之中，倒是這個胖頭陀還有幾分英雄氣概，可是他恃強奪經，將自己提來提去，忽然間神態大變，邀自己去神龍島作客，定然不懷好意，莫瞧他這時說話客氣，那是因爲打不過少林僧而已，只要少林僧一走，定然又是強兇霸道，又有誰能制得住他？當下搖頭道：「我不去！」

胖頭陀一張瘦臉上滿是懊喪之色，慢慢站直身子，向身周的十八名少林僧看了一眼，緩緩的道：「小施主，我的武功跟他們十八位大和尚相比，那是如何？」韋小寶道：「各有所長。」胖頭陀怒道：「甚麼各有所長？如果一對一的比拚，難道他們能勝得過我？」韋小寶道：「一對一，說不定是你贏。一對十八，那一定是你輸了，這才叫各有所長哪。倘若一對一也是你輸，那麼你還長個屁！你不過是身材長些而已。」

胖頭陀微微一笑，道：「像我這樣武功高強的人，你見過沒有？」韋小寶道：「當然見過！你的武功也不過馬馬虎虎，比你高強十倍之人，我也見過不少。」胖頭陀大怒，跳上一步，伸手向他抓去。四名少林僧同時伸掌擋住。胖頭陀道：「你說誰的武功比我更高？」

韋小寶一時爲之語塞，倒想不起曾見過有誰比他武功更高，師父的武功是極高的了，也未必勝得過他。胖頭陀得意起來，道：「你瞧，你說不出了，是不是？」

韋小寶道：「甚麼說不出，我是不想說，只怕嚇壞了你。武功高出你甚多之人，第一位，是天地會總舵主陳近南。我曾見他在北京城裏跟人打架，雙手抓住四名頭陀，每個頭陀都有二百來斤重，他雙足一點，便飛身跳過城牆，你跟他相比，可相差太遠了。」胖頭陀哼了一聲，他也素聞陳近南之名，但決不信他能手提四人、飛身跳過城牆，說道：「吹牛！」

韋小寶道：「第二位武功高強之人，是江南一位嬌滴滴的小腳少奶奶。」他說到這裏，向雙兒瞧去。雙兒連連搖手，要他莫說。韋小寶續道：「這位少奶奶曾和三十六個武當派的道士打架，三十六個道士圍住了她，使出一種甚麼……甚麼陣法來……」胖頭陀問道：「武當派的陣法，空手還是使劍的？」韋小寶道：「使劍的。」胖頭陀道：「那是眞武劍陣。」

韋小寶道：「是了，你胖大師見多識廣，知道是眞武劍陣，那時候三十六把寶劍圍住了那位少奶奶，劍光閃閃，水也潑不進去。那位少奶奶左手抱著孩子，右手是空手……」胖頭陀大奇，問道：「她左手抱著孩子跟武當派比武？」韋小寶道：「那有甚麼希奇？她抱著的是一對雙生子，都是男孩兒，很胖的……」他有意誇張莊家少奶奶的武功，又將孩子的數目加上一倍，續道：「……她嘴裏哄著孩兒：『兩個乖寶寶，別哭，你們瞧媽媽變把戲。』一面將三十六名道士手裏的寶劍都奪了下來，又將這些道士都點中了穴道，一個個站在那裏，好似泥菩薩一般，動也不能動。那位少奶奶抱了孩子，讓他們去抓老道士的鬍子。老道士乾瞪眼生氣，兩個孩子卻笑得很開心。」

武當派跟少林派齊名，武功各有千秋，韋小寶是知道的。他見胖頭陀鬥不過十八名少林僧，便說那少奶奶打敗了三十六名道士，武功誰強誰弱，那也不用多說了。

胖頭陀聽得如痴如狂，嘆了口氣，道：「天下竟有這樣神奇的武功！」韋小寶見居然騙信了他，甚是得意，道：「不瞞你說，這位少奶奶，就是我的乾娘。」

雙兒初時聽他說江南有一個少奶奶，還道說的是莊家的三少奶，後來聽他說那位少奶奶有一對雙生兒子，又是他乾娘，才知另有其人。

胖頭陀卻又一驚，道：「是你乾娘？她姓甚麼？武林中有這樣厲害的人物，我怎地沒聽見過？」韋小寶笑道：「武林中厲害的人物多著呢。像我這個老婆……」說著向雙兒一指，道：「你瞧她小巧玲瓏，嬌滴滴的模樣，怎知她一身武功？」雙兒滿臉飛紅，道：「相公你別瞎說。」

胖頭陀跟雙兒交過手，這樣小小一個姑娘，居然身手了得，若非親見，也真難以相信，點頭道：「說得是。小施主既然不肯赴神龍島，那也沒法了，衆位請罷！」

韋小寶道：「大師先行！」他似乎是客氣，其實是要胖頭陀先行，他若向東，自己便向西，他如往北，自己便往南。胖頭陀搖搖頭，說道：「施主先請。我要將這石碑上的碑文拓了去。」韋小寶暗暗好笑，心想自己信口胡吹，居然騙得他信以爲眞。

注：

一、順治四后。端敬皇后董鄂氏及康熙生母孝康皇后，與順治合葬孝陵。廢后及孝惠皇后（即本書中的皇太后）另葬孝東陵。「孝康」及「孝惠」都是到雍正、乾隆年間才加的謚號，康熙時還沒有這樣稱呼。但通俗小說不必這樣嚴格遵守歷史事實。

二、順治出家五台山一事，清代民間盛傳，稱爲「清代四大疑案」之一。其餘三大疑案是順治皇太后下嫁攝政王、雍正奪嫡、乾隆出於海寧陳家。據官書記載，順治因染天花而死，然官書中疑點甚多，以致後人頗多猜測。清初大詩人吳梅村有「清涼山讚佛詩」四首，肯定與董鄂妃有關，頗有人認爲隱指順治因傷心愛妃之逝，而至五台山出家。詩云：

「西北有高山，云是文殊台。台上明月池，千葉金蓮開，花花相映發，葉葉同根栽。王母攜雙成，綠蓋雲中來。（按：雙成指女仙子董雙成。）漢主坐法宮，一見光徘徊。結以同心合，授以九子釵……攜手忽太息，樂極生微哀。千秋終寂寞，此日誰追陪？……（言董鄂妃得順治寵幸，順治有人生無常之悲。全詩甚長，不具錄。）

「傷懷驚涼風，深宮鳴蟋蟀。嚴霜被瓊樹，芙蓉凋素質。可憐千里草，萎落無顏色。（按：「千里草」即「董」字，指董鄂妃逝世。）……南望倉舒墳（以曹操幼年夭折的兒子鄧哀王曹倉舒比榮親王），掩面添悽惻。戒言秣我馬，遨遊凌八極。（述順治以愛妃逝世，內心傷痛及生出世之想。）

「八極何茫茫，曰往清涼山。此山蓄靈異，浩氣供屈盤……名山初望幸，銜命釋道安，預從最高頂，洒掃七佛壇……中坐一天人，吐氣如旃檀。寄語漢皇帝，何苦留人間？……唯有大道心，與石永不刊。以此護金輪，法海無波瀾。（言順治心生上五台山之志。）

「嘗聞穆天子，六飛騁萬里……盛姬病不救，揮鞭哭弱水。漢皇好神仙，妻子思脫屣……寵奪長門陳，恩盛傾城李。（漢武帝金屋藏嬌、廢后居長門宮，以及李夫人故事。）穠華即修夜，痛入哀蟬誄。苦無不死方，得令昭陽起……持此禮覺王，賢聖總一軌。道參無生妙，功謝有爲恥，色空兩不住，收拾宗風裏。」（覺王，即釋迦牟尼。歸結爲皈依佛法，以禪宗求解脫。）

三、順治在位時即拜玉林爲師學佛。《玉林國師年譜》云：順治十六年，世祖請師起名，師書十餘字進呈，世祖自擇「癡」字，上則用禪宗龍池祖法派中「行」字，法名「行癡」。玉林爲「通」字輩，名「通琇」，字玉林，其弟子皆以「行」字排行。

韋小寶看了壁上字畫，自是一字不識，搖頭道：「這一幅寫得不大好。」陸先生肅然起敬，請他指點，其中敗筆缺失，在於何處。韋小寶道：「敗筆很多，勝筆甚少！」

第十九回　九州聚鐵鑄一字　百金立木招羣魔

十八少林僧和韋小寶、雙兒二人下得錦繡峯來。澄心將經書還給韋小寶，問道：「施主是不是即回北京？」韋小寶道：「是。」澄心道：「我們受玉林大師之囑，護送施主平安回京。」韋小寶喜道：「那好極啦。我正躭心這瘦竹篙般的頭陀死心不息，又來囉唣。可是衆位和我同行，行痴大師有人保護麼？」澄心道：「施主放心，玉林大師另有安排。」韋小寶這時對玉林這老和尚已十分佩服，他閉目打坐，似乎天塌下來也不理，可是不動聲色，暗中一切已布置得妥妥貼貼。

既有少林十八羅漢護送，一路之上自是沒半點凶險，那身材高瘦的胖頭陀固然沒再現身，連其餘武林中人物也沒撞見一個。

不一日來到北京城外，十八少林僧和韋小寶行禮作別。澄心道：「施主已抵京城，老僧等告辭回寺。」韋小寶道：「眾位大和尚，承你們不怕辛苦，一直送我到這裏，我……我實在感激不盡，請受我一拜。」說著跪下磕頭。澄心忙伸手扶起，說道：「施主一路上善加接待，我們從山西到北京，乃是遊山玩水，何辛苦之有？」

原來韋小寶一下五台山，便僱了十九輛大車，自己與雙兒坐一輛，十八位少林僧各坐一輛，又命于八快馬先行，早一日打前站，沿途定好客店，預備名茶、細點、素齋，無不極盡豐盛。每一處地方韋小寶大撒賞金，掌櫃和店夥將十八位少林僧當作天神菩薩一般相待。少林僧清苦修持，原也不貪圖這些飲食之欲，但見他相敬之意甚誠，自不免喜悅。

韋小寶雖然油腔滑調，言不由衷，但生性極愛朋友，和人結交，倒是一番眞心。這一路上和眾僧談談說說，很是相得，陡然說要分手，心中一酸，不禁掉下淚來。

澄心道：「善哉，善哉！小施主何必難過？他日若有緣法，請到少林寺來敘敘。」韋小寶哽咽道：「那是一定要來的。」澄心和眾僧作別而去。

進得北京城時，天色已晚，不便進宮。韋小寶來到西直門一家大客店「如歸客棧」，要了間上房，歇宿一宵後，明日去見康熙，奏明一切。尋思：「那瘦得要命的胖頭陀拚命想奪我這部經書，說不定暗中還跟隨著我。十八位少林和尚旣去，他再來下手搶奪，我和雙兒可抵擋不了。還是麻煩著點，先將經書藏得好好的，明兒到宮裏去帶領大隊侍衛來取，呈給小皇帝，這叫做『萬失無一』！」

於是命于八買備應用物事，遣出雙兒，閂上了門。關窗之前，先查明窗外並無胖頭陀窺探，這才用油布將那部《四十二章經》包好，拉開桌子，取出匕首，在桌子底下的磚牆上割了一洞。那匕首削鐵如泥，剖磚自是毫不費力。將經書放入牆洞，堆好磚塊，取水化開石灰，糊上磚縫。石灰乾後，若非故意去尋，決不會發見。

次日一早，命于八去套車，要先帶雙兒去吃一餐豐盛早點，擺擺闊綽，讓這小丫頭大開眼界，然後去買套太監衣帽，再進宮去。市上要買太監衣帽，倒不容易，如買不到手，索性便穿上侍衛服色，再趕做一件黃馬褂套上，那時候威風凜凜、大搖大擺的進宮，教眾侍衛、太監瞧得目瞪口呆，豈不有趣？自己這御前侍衛副總管是皇上親封，又不是假的？心道：「就是這個主意，還做甚麼勞什子的太監？老子穿黃馬褂進宮便了。」

和雙兒上了騾車，彎了舌頭，滿口京腔，說道：「咱們先去西單老魁星館，那兒的炸羊尾、羊肉餃子，還對付著可以。」車夫恭恭敬敬的應道：「是！」于八挺直腰板，坐在車夫之側，說道：「嘿，京城裏連騾子也與眾不同，這麼大眼漆黑的叫騾，我們山西通省就找不出一頭來。」韋小寶功成回京，心下說不出的得意。

那騾車行得一陣，忽然出了西直門。韋小寶道：「喂，是去西單哪，怎麼出了城？」車夫道：「是，對不起哪，大爺！小人這口騾子有股倔脾氣，走到了城門口，非得出城門去溜個圈兒不可。」韋小寶和雙兒都笑了起來。于八道：「嘿，京城裏連騾子也有官架子。」

大車出城後逕往北行，走了一里有餘，仍不回頭，韋小寶心知事有蹊蹺，喝道：「趕車的，你搗甚麼鬼？快回去！」車夫連聲答應，大叫：「回頭，得兒，得兒，呼，呼！得兒，轉回頭！」鞭子噼啪亂揮，騾子卻一股勁兒的往北，越奔越快。車夫破口大罵：「他媽的臭騾子，我叫你回頭！得兒，停住，停住！你奶奶的王八蛋騾子！」他越叫越急，騾子卻那裏肯停？

便在此時，馬蹄聲響，兩騎馬從旁搶了上來，貼到騾車之旁。馬上騎者均是身材魁梧的漢子。

韋小寶低聲道：「動手！」雙兒身子前探，伸指戳出，正中車夫後腰。他身子一晃，從車上摔了下去，大叫一聲，給車旁馬匹踹個正著。馬上漢子飛身而起，坐在車夫位上。雙兒又伸指戳去。這人反手抓她手腕，雙兒手掌翻過，拍向他面門。那漢子左掌格開，右手抓她肩頭。兩人拆了八九招，騾子仍發足急奔。左邊馬上騎者叫道：「怎麼啦？鬧甚麼玩意兒？」砰的一聲響，車上漢子胸口給雙兒右掌擊中，飛身跌出。另一名漢子提鞭擊來。雙兒伸手抓住鞭子，順手纏在車上。騾車正向前奔，急拉之下，那漢子立時摔下馬來，忙撒手鬆鞭，哇哇大叫。

雙兒拿起騾子韁繩，她不會趕車，交在于八手裏，說道：「你來趕車。」于八道：

「這個……我……也不會。」韋小寶躍上車夫座位，接過轡繩，他也不會趕車，學著車夫「得兒，得兒」的叫了幾聲，左手鬆轡，右手緊轡，便如騎馬一般，那騾子果然轉過頭來，又那裏有甚麼倔脾氣了？

只聽得馬蹄聲響，又有十幾騎馬趕來，韋小寶大驚，拉騾子往斜路上衝去。追騎撥轉馬頭，在後急跟。馬快車慢，不多時，十餘騎便將騾車團團圍住。

韋小寶見馬上漢子各持兵刃，叫道：「青天白日，天子腳下，你們想攔路搶劫嗎？」一名漢子笑道：「我們是請客的使者，不是打劫的強盜。韋公子，我家主人請你去喝杯酒！」韋小寶一怔，問道：「你們主人是誰？」那漢子道：「公子見了，自然認得。我們主人如不是公子的朋友，怎麼請你去喝酒？」

韋小寶見這些人古裏古怪，多半不懷好意，叫道：「那有這麼請客的？勞駕，讓道罷！」另一名大漢笑道：「讓道便讓道！」手起一刀，將騾頭斬落，騾屍一歪，倒在地下，將騾車也帶倒了。韋小寶和雙兒急躍下地。雙兒出手如風，但敵人騎在馬上，她身子又矮，打不到人，一指指接連戳去，不是戳瞎了馬眼，便戳中敵人腿上的穴道。

一霎時人喧馬嘶，亂成一團。幾名漢子躍下馬來，揮刀上前。雙兒身手靈活之極，指東打西，打倒了七八名漢子。餘下四五人面面相覷，不知如何是好。

大道上一輛小車疾馳而來，車中一個女子聲音叫道：「是自己人，別動手！」

韋小寶一聽到聲音，心花怒放，叫道：「啊哈！我老婆來了！」

雙兒和衆漢子當即停手罷鬥。雙兒大爲驚疑，她可全沒料到這位相公已娶了少奶奶。其時盛行早婚，男子十四五歲娶妻司空見慣，只是韋小寶從沒向她說過已有妻子。

小車馳到跟前，車中躍出一人，正是方怡。韋小寶滿臉堆歡，迎上去拉住她手，說道：「好姊姊，我想死你啦，你去了那裏？」方怡微笑道：「慢慢再說。怎麼你們打起架來？」眼見地下躺了多人，纍血洒了滿地，頗感驚詫。

一名漢子躬身道：「方姑娘，我們來邀請韋公子去喝酒，想是大夥兒禮數不周，得罪了公子。方姑娘親自來請，再好也沒有了。」方怡奇道：「這些人都是你打倒的？你武功可大進了啊。」韋小寶道：「要長進也沒這麼快，是雙兒姑娘爲了保護我，小顯身手。」

方怡眼望雙兒，見她不過十三四歲年紀，一副嬌怯怯的模樣，眞不信她武功如此高強，問道：「妹妹貴姓？」她在莊家之時，和雙兒並未朝相，是以二人互不相識。

雙兒上前跪下磕頭，說道：「婢子雙兒，叩見少奶奶。」韋小寶哈哈大笑。方怡羞得滿臉通紅，急忙閃身，道：「你……你叫我甚麼？我……我……不是的。」雙兒站起身來，道：「相公說你是他的夫人，婢子服侍相公，自然叫你少奶奶了。」方怡向韋小寶狠狠白了一眼，說道：「這人滿嘴胡說八道，莫信他的。你服侍他多久了？難道不知他脾氣麼？我是方姑娘。」雙兒微微一笑，道：「那麼現下暫且不叫，日後再叫好了。」

方怡道：「日後再叫甚……」臉上又是一紅，將最後一個「麼」字縮了回去。

雙兒向韋小寶瞧去，見他一副得意洋洋的神情，突然之間，她也滿臉飛紅，卻是想起了在五台山上，他曾對胖頭陀說自己是他老婆，原來他有個脾氣，愛管年輕姑娘叫老婆。待聽他笑著又問：「我那小老婆呢？」雙兒也就不以爲異。

方怡又白了他一眼，道：「分別了這麼久，一見面也不說正經的，儘耍貧嘴。」當即吩咐衆漢子收拾動身。那些漢子給點了穴道，動彈不得，由雙兒一一解開。

韋小寶笑道：「早知是你請我去喝酒，恨不得背上生兩隻翅膀，飛過來啦。」方怡又白了他一眼，道：「你早忘了我，自然想不到是我請你。」韋小寶心中甜甜的，道：「我怎會有一刻忘了你？早知是你叫我啊，別說喝酒，就是喝馬尿、喝毒藥，那也是隨傳隨到，沒片刻停留。」方怡一雙妙目凝視著他，道：「別說得這麼好聽，要是我請你去天涯海角喝毒藥呢？」韋小寶見她說話時似笑非笑，朝日映照下艷麗難言，只覺全身暖洋洋地，道：「別說天涯海角，就是上刀山、下油鍋，我也去了。」方怡道：「好，大丈夫一言既出，甚麼馬難追。」韋小寶一拍胸膛，大聲道：「大丈夫一言既出，甚麼馬難追。」兩人同時大笑。

方怡命人牽一匹馬給韋小寶騎，讓雙兒坐了她的小車，自己乘馬和韋小寶並騎而行，迎著朝陽緩緩馳去，衆漢子隨後跟來。方怡道：「你本事也眞大，掉了甚麼槍花，收了一個武功這等了得的美麗小丫頭？」韋小寶笑道：「那裏掉甚麼槍花了？是她心甘情願跟我的。」

韋小寶跟著問起沐劍屏、徐天川等人行蹤，道：「在那鬼屋裏，你給神龍教那批傢伙擒住了，後來怎生脫險的？是莊家三少奶請人來救了你們的嗎？」方怡問道：「誰是莊家三少奶？」韋小寶道：「便是那莊子的主人。」方怡搖搖頭，道：「莊子的主人？我們一直沒見到。神龍教要找的是你，他們對你也沒惡意，那章老三找你不到，就放了我們。小郡主他們就在前面，不久就會見到。」轉過頭來，微有嗔色，道：「你心中惦記的就只是小郡主，見面只這一會，已連問了七八次。」韋小寶笑道：「幾時問了七八次啊？眞冤枉。倘若我只見到她，沒見到你，這時候我早問了七八十次啦。」方怡微笑道：「你就是生了十張嘴巴，這一會兒也來不及問七八十次。不過你啊，一張嘴巴比十張嘴巴還要厲害。」

兩人談談說說，不多時已走了十餘里，早繞過了北京城，一直向東而行。韋小寶道：「快到了嗎？」方怡慍道：「還遠得很呢！你牽記小郡主，也不用這麼性急，早知你這樣，讓她來接你好得多了，也免得你牽肚掛腸的。」韋小寶伸了伸舌頭，道：「以後我一句話也不問就是。」方怡道：「你嘴上不問，心裏著急，更加惹人生氣。」她似乎醋意甚濃，韋小寶越聽越高興，笑道：「倘若我心裏有半分著急，我不是你老公，是你兒子。」方怡噗哧一笑，道：「乖……」臉上一紅，下面「兒子」兩字沒說出口。

行到中午時分，在鎮上打了尖，一行人又向東行。韋小寶不敢再問要去何處，眼看離北京已遠，今日已沒法趕回宮裏去見康熙，心想：「反正小玄子又沒限我何時回報，就算我在五台山多躭擱了，又或者給胖頭陀擒住不放，遲幾日回宮，卻有何妨？」

一路上方怡跟他儘說些不相干的閒話。當日在皇宮之中，兩人雖同處一室，但多了個沐劍屏，方怡頗爲矜持，此刻並騎徐行，卻是笑語殷勤，不再故作莊重。餘人識趣，遠遠落在後面。韋小寶情竇初開，在皇宮中時叫她「老婆」，還是玩笑佔了六成，輕薄討便宜佔了三成，只有一成才有隱隱約約的男女之意。此日別後重逢，見方怡一時輕嗔薄怒，一時柔語淺笑，不由得動情，見她騎了大半日馬，雙頰紅暈，滲出細細汗珠，說不出的嬌美可愛，呆呆的瞧著，不由得痴了。

方怡微笑問道：「你發甚麼呆？」韋小寶道：「好姊姊，你……你眞是好看。我想……我想……」方怡道：「你想甚麼？」韋小寶道：「我說了你可別生氣。」方怡道：「正經的話，我不生氣，不正經的，自然生氣。你想甚麼？」韋小寶道：「我想，你倘若眞的做了我老婆，我不知可有多開心。」

方怡橫了他一眼，板起了臉，轉過頭去。韋小寶急道：「好姊姊，你生氣了麼？」方怡道：「自然生氣，生一百二十個氣。」韋小寶道：「這話再正經也沒有了，我……

我是眞心話。」方怡道：「在宮裏時，我早發過誓，一輩子跟著你、服侍你，還有甚麼眞的假的？你說這話，就是自己想變心。」

韋小寶大喜，若不是兩人都騎在馬上，立時便一把將她抱住，親親她嬌艷欲滴的面龐，當下伸出右手，拉住她左手，道：「我怎麼會變心？一千年、一萬年也不變心。」方怡道：「你說這話便是假的，一個人怎會有一千年、一萬年好活，除非你是烏……」說到這「烏」字，嗤的一笑，轉過了頭，一隻手掌仍讓他握著。

韋小寶握著她柔膩溫軟的手掌，心花怒放，笑道：「你待我這樣好，我永遠不會做小烏龜。」妻子偷漢，丈夫便做烏龜，這句話方怡自也懂得。她俏臉一板，道：「沒三句好話，狗嘴裏就長不出象牙。」韋小寶笑道：「你嫁鷄隨鷄，嫁狗隨狗，這輩子想見你老公嘴裏長出象牙來，那可難得緊了。」方怡伏鞍而笑，左手緊緊握住了他手掌。

兩人一路說笑，傍晚時分，在一處大市鎭的官店中宿了。次晨韋小寶命于八僱了一輛大車，和方怡並坐車中。兩人說到情濃處，韋小寶摟住她腰，吻她面龐，方怡也不抗拒，可是再有非份逾越，卻一概不准了。韋小寶於男女之事，原也似懂非懂，至此爲止，已是大樂。只盼這輛大車如此不停行走，坐擁玉人，走到天涯海角，回過頭來，又到彼端的天涯海角，天下的道路永遠行走不完，就算走完了，老路再走幾遍又何妨？天天行了又宿，宿後又行，只怕方怡忽說已經到了。

身處溫柔鄉中，甚麼皇帝的詔令，甚麼《四十二章經》，甚麼五台山上的老皇爺，盡數置之腦後，迷迷糊糊的不知時日之過，道路之遙。

一日傍晚，車馬到了大海之濱，方怡攜著他手，走到海邊，輕輕的道：「好弟弟，我和你駕船出洋，四海遨遊，過神仙一般的日子，你說好是不好？」說這話時，拉著他手，將頭靠在他肩頭，身子軟軟的，似已全無氣力。

韋小寶伸左手摟住她腰，防她摔倒，只覺她絲絲頭髮擦著自己面頰，腰肢細軟，微微顫動，雖想坐船出海未免太過突兀，隱隱覺得頗爲不妥，但當此情景，這一個「不」字，又如何說得出口？

海邊停著一艘大船，船上水手見到方怡的下屬手揮青巾，便放了一艘小船過來，先將韋小寶和方怡接上大船，再將餘人陸續接上。于八見要上船，說道自己暈船，說甚麼也不肯出海。韋小寶也不勉強，賞了他一百兩銀子。于八千恩萬謝的回山西去了。

韋小寶進入船艙，只見艙內陳設富麗，腳下鋪著厚厚的地氈，桌上擺滿茶果細點，便如王公大官之家的花廳一般，心想：「好姊姊待我這樣，總不會有意害我。」船上兩名僕役拿上熱手巾，讓二人擦臉，隨即送上兩碗麵來。麵上鋪著一條條黑黑的鷄絲，入口鮮美，略有腥氣，滋味與尋常鷄絲又有不同。只覺船身晃動，已揚帆出海。

舟中生涯，又別有一番天地。方怡陪著他喝酒猜拳，言笑不禁，直到深夜，服侍他上床後，才到隔艙安睡，次日一早，又來幫他穿衣梳頭。韋小寶心想：「她此刻還不知我不是太監，只道我們做夫妻畢竟是假的，甚麼時候才跟她說穿？」

舟行數日，這日兩人偎倚窗邊，同觀海上日出，見海面金蛇萬道，奇麗莫名。方怡嘆道：「當日我去行刺韃子皇帝，只道定然命喪宮中，那知道老天爺保祐，竟會遇著了你，今日更同享此福。好弟弟，你的身世，我可一點也不明白，你怎麼進宮，又怎樣學的武功？」

韋小寶笑道：「我正想跟你說，就只怕嚇你一跳，又怕你歡喜得暈了過去。」

方怡又向他靠緊了些，低聲道：「倘若我聽了歡喜，那是最好，就算是我不愛聽的，只要你說的是眞話，那……那……我也不在乎。」韋小寶道：「好姊姊，我就跟你說眞話，我出生在揚州，媽媽是妓院裏的。」方怡吃了一驚，轉過身來，顫聲問道：「你媽媽在妓院裏做事？是給人洗衣、燒飯，還是……還是掃地、斟茶？」

韋小寶見她臉色大變，眼光中流露出恐懼之色，心中登時一片冰涼，知她對「妓院」十分鄙視，倘若直說自己母親是妓女，只怕這一生之中，她永不會再對自己有半分尊重和親熱了，當即哈哈一笑，說道：「我媽媽在妓院裏時還只六七歲，怎能給人洗衣燒飯？」

方怡臉色稍和，道：「還只六七歲？」韋小寶順口道：「韃子進關後，在揚州殺了不少人，你是知道的了？」延挨時刻，想法子給母親說得神氣些，方怡道：「是啊。」韋小寶道：「我外公是明朝大官，在揚州做官，韃子攻破揚州，我外公抗敵而死。我媽媽那時是個小女孩，流落街頭，揚州妓院裏有個豪富嫖客，見她可憐，把她收去做小丫頭，一問之下，好生敬重我外公，便收了我媽媽做義女，帶回家去，又做千金小姐。後來嫁了我爸爸，他是揚州有名的富家公子。」

方怡將信將疑，道：「原來如此。先前還嚇了我一跳，還道你媽媽淪落在妓院之中，給人做女傭，服侍那些不識羞恥、人盡可夫的……壞女人。」

韋小寶自幼在妓院中長大，從來不覺得自己媽媽是個「不識羞恥的壞女人」，聽方怡這麼說，不由得心中有氣，暗道：「你沐王府的女人便很了不起嗎？他媽的，我瞧貨眞價實是不識羞恥、人盡可甚麼的。」他原想將自己身世坦然相告，這一來，可甚麼都說不出口了，索性信口胡吹，將揚州自己家中如何闊綽，說了個天花亂墜，但所說的廳堂房舍、傢具擺設，不免還是麗春院的格局。

方怡也沒留心去聽，道：「你說有一件事，怕我聽了歡喜得暈了過去，就是這些麼？」韋小寶給她迎頭潑了一盆冷水，又見她對自己的吹牛渾沒在意，不禁興味索然，自己不是太監的話也懶得說了，隨口道：「就是這些，原來你聽了並不歡喜。」方怡淡淡的道：「我歡喜的。」這句話顯然言不由衷。

兩人默默無言的相對片刻，忽見東北方出現一片陸地，坐船正直駛過去。方怡奇道：「咦，這是甚麼地方？」過不了一個多時辰，已然駛近，但見岸上樹木蒼翠，長長的海灘望不到盡頭，盡是雪白細沙。方怡道：「坐了這幾日船，頭也昏了，我們上去瞧瞧好不好？」韋小寶喜道：「好啊，好像是個大海島，不知島上有甚麼好玩物事。」

方怡將梢公叫進艙來，問他這島叫甚麼名字，有甚麼特產。梢公道：「回姑娘的話：這是東海中有名的神仙島，聽說島上生有仙果，吃了長生不老。只不過有福之人才吃得著。姑娘和韋相公不妨上去碰碰運氣。」

方怡點點頭，待梢公出艙，輕輕的道：「長生不老，也不想了，眼前這等日子，就比做神仙還快活。」韋小寶大喜，道：「我和你就在這島上住一輩子，仙果甚麼的，也不打緊，只要你永遠陪著我，我就是神仙。」方怡靠在他身邊，柔聲道：「我也一樣。」

兩人坐小船上岸，腳下踏著海灘細沙，鼻中聞到林中飄出來的陣陣花香，眞覺是到了仙境。方怡道：「不知島上有沒有人住？」韋小寶笑道：「人是沒有，卻有個美貌無比的女仙，帶了個小廝，到島上來啦。」方怡嫣然一笑，道：「好弟弟，你是我的小廝，我是你的丫頭。」韋小寶聽到「丫頭」兩字，想起雙兒，回頭一望，不見她跟來，這些日來冷落了雙兒，心下微感歉仄，但想她如跟在身後，自己不便跟方怡太過親熱，還是不跟來的好。

兩人攜手入林，聞到花香濃郁異常。韋小寶道：「這花香得厲害，難道是仙花麼？」向前走得幾步，忽聽草中簌簌有聲，跟著眼前黃影閃動，七八條黃中間黑的毒蛇竄了出來。韋小寶叫道：「啊喲！」拉了方怡轉身便走，只跨出一步，眼前又有七八條蛇擋路，全身黑黃間條，長舌吞吐，嗤嗤發聲。這些蛇都是頭作三角，顯具劇毒。

方怡擋在韋小寶身前，拔刀揮舞，叫道：「你快逃，我來擋住毒蛇！」韋小寶那肯如此不顧義氣，獨自逃命？忙拔出匕首，道：「從這邊走！」拉著方怡斜刺奔出，跨得兩步，頭頸中一涼，一條毒蛇從樹上掛了下來，纏住他頭頸，只嚇得他魂飛天外，大聲驚叫。方怡忙伸手去拉蛇身。韋小寶叫道：「使不得！」那蛇轉過頭來，一口咬住了方怡手背，牢牢不放。韋小寶急揮匕首，將蛇斬為兩段。便在此時，兩人腿上腳上都已纏上了毒蛇。韋小寶揮匕首去斬，只覺左腿上一麻，已給毒蛇咬中。

方怡拋去單刀，抱住了他，哭道：「我夫妻今日死在這裏了。」韋小寶仗著匕首鋒利，每一刀揮去，便斬斷一條毒蛇。但林中毒蛇愈來愈多，兩人掙扎著出林，身上已給咬傷了七八處。韋小寶只覺頭暈目眩，漸漸昏迷，遙望海中，那艘小船正向大船駛去，相距已遠。方怡叫了幾聲，船中水手卻那裏聽得到？

方怡捲起韋小寶褲腳，俯身去吸他腿上蛇毒。韋小寶驚道：「不……不行！」

忽聽得身後腳步聲響，有人說道：「你們到這裏來幹甚麼？不怕死麼？」韋小寶回過頭來，見是三名中年漢子，忙叫：「大叔救命，我們給蛇咬了。」一名漢子從懷中取出藥餅，抛入嘴中一陣咀嚼，敷在韋小寶身上蛇咬之處。韋小寶道：「你……你先給她治。」這時自己雙腿烏黑，已全無知覺。方怡接過藥來，自行敷上傷口。

韋小寶道：「好姊姊……」眼前一黑，咕咚一聲，向後摔倒。

待得醒轉，只覺唇燥舌乾，胸口劇痛，忍不住張口呻吟。聽得有人說道：「好啦，醒過來啦！」韋小寶緩緩睜眼，見有人拿了一碗藥，餵到他嘴邊。這藥腥臭異常，他毫不猶豫便都喝了下去，入口奇苦，喝完藥後，道：「多謝大叔救命，我……我那姊姊可沒事嗎？」那人道：「幸喜救得早，我們只須遲來得片刻，兩個人都沒命了。你們忒也大膽，怎地到這神仙島來？」韋小寶聽得方怡有救，心中大喜，沒口子的稱謝，這時才察覺自己是睡在床上被窩之中，全身衣衫已然除去，雙腿兀自麻木。

那漢子相貌醜陋，滿臉疤痕，但在韋小寶眼中，當眞便如救命菩薩一般。他吁了口氣，道：「船上水手說道，這島上有仙果，吃了長生不老。」

那漢子嘿的一笑，道：「倘若眞有仙果，他們自己又不來採？」韋小寶叫道：「啊喲，這些水手不懷好意，船上我還有同伴，莫要……莫要著了歹人的道兒。大叔，請你想法子救她一救。」那醜漢道：「那船三天之前便已開了，卻到那裏找去？」韋小寶不解，茫然道：「三天之前？」那醜漢道：「你已經昏迷了三日三夜，你多半不知道罷？」韋小寶想起雙兒，她雖武功甚高，可是茫茫大海之中，孤身一人，如何得脫衆惡徒毒手，不由得大急。

那醜漢安慰道：「此時著急也已無用，你好好休息。這島上的毒蛇非同小可，至少要服藥七日，方能解毒。」他問了韋小寶姓名，自稱姓潘。

到得第三日上，韋小寶已可起身，扶著牆壁慢慢行走。那姓潘的醜漢帶了他去看方怡。原來她另有婦女照料，但見她玉容憔悴，精神委頓。兩人相見，又歡喜，又難受，不由得摟著哭了起來。此後兩人日間共處一室，說起毒蛇厲害，都是毛髮直豎。

到得第六日上，那姓潘的說道：「我們島上的大夫陸先生出海回來了，我已邀他來給韋兄弟看看。」韋小寶謝了。

不多時進來一人，四十來歲年紀，文士打扮，神情和藹可親，問起韋小寶爲毒蛇所噬的經過，說道：「島上居民身邊都帶有雄黃蛇藥，就是將毒蛇放在身上，那蛇也立即逃去，決不敢咬人。」韋小寶道：「原來如此。怪不得潘大哥他們都不怕。」陸先生給他看了傷，取出六顆藥丸，道：「你服三顆，另三顆給你的同伴，每日服一顆。」韋小寶深深致謝，取出二百兩銀票，道：「一點兒醫金，請先生別見笑。」

陸先生吃了一驚，笑道：「那用得著這許多？公子給我二兩銀子，已多謝得很了。」

韋小寶執意要給，陸先生謝了收下，笑道：「公子厚賜，卻之不恭。公子在這裏恐怕住得也氣悶了，今晚和公子的女伴同去舍下喝一杯如何？」韋小寶大喜，一口答允。

傍晚時分，陸先生派了兩乘竹轎來接韋小寶和方怡。這竹轎其實只是一張竹椅，兩邊穿了竹槓，前後有人相抬，島居簡陋，並沒眞的轎子。

兩乘竹轎沿山溪而行，溪水淙淙，草木淸新，頗感心曠神怡，只是韋方二人一見大樹長草，便慄慄危懼，唯恐有毒蛇竄將出來。轎行七八里，來到三間竹屋前停下。那屋子的牆壁屋頂均由碗口大小的粗竹所編，看來甚是堅實。江南河北，均未見過如此模樣的竹屋。

陸先生迎了出來，請二人入內。到得廳上，一個三十餘歲的婦人出來迎客，是陸先生的妻子。那婦人拉著方怡的手，顯得十分親熱。陸先生邀韋小寶到書房去坐，書房中竹書架上放著不少圖書，四壁掛滿了字畫，看來這陸大夫是個風雅之士。

陸先生道：「在下僻處荒島，孤陋寡聞之極。韋公子來自中原勝地，華族子弟，眼界既寬，鑒賞必精，你看這幾幅書畫，還可入方家法眼麼？」

他這幾句文謅謅的言語，韋小寶半句也不懂，但見他指著壁上字畫，抬頭看去，見圖畫中一張畫的是山水，另一張畫上有隻白鶴，有隻烏龜，笑道：「這隻老烏龜倒很好玩。」陸先生微微一怔，指著一幅立軸，道：「韋公子，你瞧這幅石鼓文寫得如何？」

韋小寶見這些字彎彎曲曲，像是畫符一般，點頭道：「好，很好！」陸先生指著另一幅大字，道：「這一幅臨的是秦瑯琊台刻石，韋公子以爲如何？」

韋小寶心想一味說好，未免無味，搖頭道：「這一幅寫得不大好。」陸先生肅然起敬，道：「倒要請韋公子指點，這幅字的敗筆缺失，在於何處。」韋小寶道：「敗筆很多，勝筆甚少！」他想既有「敗筆」，自然也有「勝筆」了。

陸先生乍聞「勝筆」兩字，呆了一呆，道：「高明，高明。」指著西壁一幅草書，道：「這幅狂草，韋公子以爲如何？」韋小寶側頭看了一會，搖頭道：「這幾個字墨乾了，也不蘸墨。嗯，這些細線拖來拖去，也不擦乾淨了。」陸先生一聽，臉色大變。草書講究墨法燥濕，筆潤爲濕，筆枯爲燥，燥濕相間，濃淡有致，因燥顯濕，以濕襯燥，陰陽映帶，如雲霞障天，方爲妙書。至於筆劃相連的細線，書家稱爲「遊絲」，或聯數筆，或聯數字，講究賓主合宜，斜角變幻，又有飄帶、摺帶種種名色。韋小寶數言之間，便露了底。

陸先生又指著一幅字，說道：「這一幅全是甲骨古文，兄弟學淺，一字不識，要請韋公子指點。」

韋小寶見紙上一個個字都如蝌蚪一般，宛似五台山錦繡峯普濟寺中石碣上所刻文字，心念一動，道：「這幾個字我倒識得，那是『神龍教洪教主萬年不老，仙福永享，神通廣大，壽與天齊！』」

陸先生滿臉喜容，說道：「謝天謝地，你果然識得這些字！」眼見他欣喜無限，說話時聲音也發抖了，韋小寶疑心登起：「我識得這幾個字，他爲甚麼如此高興？莫非他也是神龍教的？啊喲，不好！蛇……蛇……靈蛇……難道這裏便是神龍島？」衝口而出：「胖頭陀在那裏？」

陸先生吃了一驚，退後數步，顫聲道：「你……你已經知道了？」韋小寶點了點頭，其實他是甚麼也不知道。陸先生臉色鄭重，說道：「既然你都知道了，那也很好。」走到書桌邊，磨墨鋪紙，說道：「你便將這些蝌蚪古文，一字一字譯將出來。那一個是『洪』字，那一個是『教』字。」提筆蘸墨，招手要他過去。

要韋小寶提筆寫字，那眞比要他性命還慘，韋小寶暗暗叫苦，但見陸先生神色難看，不敢違拗，硬著頭皮，走過去在書桌邊坐下，伸手握管，手掌成拳。他持筆若像吃飯拿筷，倒也有三分相似，可是這麼一握，有如操刀殺豬，又如持鎚敲釘，天下卻那有這等握管之狀？

陸先生怒容更盛，強自忍住，緩緩的道：「你先寫自己的名字！」

韋小寶霍地站起，將筆往地下一擲，墨汁四濺，大聲說道：「老子狗屁不識，屁字都不會寫。甚麼『洪教主壽與天齊』，老子是信口胡吹，騙那惡頭陀的。你要老子寫字，等我投胎轉世再說，你要殺要剮，老子皺一皺眉頭，不算好漢。」

陸先生冷冷問道：「你甚麼字都不識？」

韋小寶道：「不識！不識你烏龜的『龜』字，也不識你王八蛋的『蛋』字。」他西洋鏡既給拆穿，不由得老羞成怒，反正身陷蛇島，有死無生，求饒也是無用，不如先佔些口舌上的便宜。

陸先生沉吟半晌，拿起筆來，在紙上寫了個蝌蚪文字，問道：「這是甚麼字？」

韋小寶大聲道：「去你媽的！我說過不識，就是不識。難道還有假的？」

陸先生點點頭，道：「好，原來胖頭陀上了你的大當，可是此事已稟報了教主，你這小賊！」突然一躍而前，叉住韋小寶的頭頸，雙手越收越緊，咬牙切齒的道：「你害得我們蒙騙教主，人人給你累得死無葬身之地。大家一起死了乾淨，也免得受那無窮無盡的酷刑。」

韋小寶給他叉得透不過氣來，滿臉紫脹，伸出了舌頭。陸先生眼見手上再一使勁，這小孩便得氣絕斃命，想到此事干係異常重大，心中一驚，便放開了手指，雙手推出，將他摔在地下，恨恨出房。

過了良久，韋小寶才驚定起身，「死烏龜，直娘賊」也不知罵了幾百聲，心想身在這毒蛇島上，無處可逃，倘若逃入樹林草叢，只有死得更快。走到門邊，伸手推門，那竹門外面反扣住了，向窗外望去，下臨深谷，實是無路可走，轉頭看到壁上的書畫，心道：「這些屁字屁畫，有甚麼好？」拾起筆來，蘸滿了墨，在一幅幅書畫上便畫，大烏龜、小烏龜畫了不計其數。

畫了幾十隻烏龜，手也倦了，擲筆於地，蜷縮在椅上，片刻間就睡著了。睡醒時天已全黑，竟無人前來理會，肚中餓得咕咕直響，心想：「這隻綠毛烏龜要餓死老子。」

過了好一會，忽聽得門外腳步聲響，門縫中透進燈光，竹門開處，陸先生持燭進房，側頭向他凝視。韋小寶見他臉上不露喜怒，心下倒也有些害怕。

陸先生將燭台放在桌上，一瞥眼間，見到壁上所懸書畫已盡數給他塗抹得不成模樣，忍不住怒發如狂，叫道：「你……你……」舉起手來，便欲擊落，但手掌停在半空，終於忍住怒氣，說道：「你……你……」聲音在喉間彆住了，說不出話來。

韋小寶笑道：「怎麼樣？我畫得好不好？」

陸先生長嘆一聲，頹然坐倒，說道：「好，畫得好！」

他居然不打人，還說畫得好，韋小寶倒也大出意料之外，見他臉上神色淒然，顯是心痛之極，倒也有些過意不去，說道：「陸先生，對……對不起，我塗壞了你的畫。」

陸先生搖搖頭，說道：「沒……沒甚麼。」雙手抱頭，伏在桌上，過了好一會，說道：「你想必餓了，吃了飯再說。」

客堂中桌上已擺了四菜一湯，有鷄有魚，甚是豐盛。跟著方怡由陸夫人陪著出來，四人共膳。韋小寶大奇：「莫非我這幾十隻烏龜畫得好，陸先生一高興，就請我吃飯？」但他一點兒自知之明倒也還有，看情形總似乎不像。幾次開口想問，見陸先生臉上陰晴不定，深恐觸怒了他，飯沒吃飽，便讓奪下飯碗，未免犯不著。當下一言不發，悶聲吃了個飽。

飯罷，陸先生又帶他進書房。

陸先生從地下拾起筆來，在紙上寫了「韋小寶」三字，道：「這是你自己的名字，你會不會寫？」韋小寶道：「它認得我，我可認不得它，怎麼會寫？」

陸先生「嗯」了一聲，眼望窗外，凝思半晌，左手拿了燭台，走到那幅蝌蚪文之前，仔細打量，指著一個個字，口中唸唸有辭，回到桌邊，取過一張白紙，振筆疾書，伸指數了數蝌蚪文字的字數，又數紙上字數，再在紙上一陣塗改，回頭又看那幅蝌蚪文字，喃喃自言自語：「那三個字相同，這兩個字又是一般，須得天衣無縫，才是道理。」沉思半天，又在紙上一陣塗改，喜道：「行了！」

韋小寶不知他搗甚麼鬼，反正飯已吃飽，也就不去理會。只見陸先生又取過一張白紙，仔仔細細的寫起字來。

這一次他寫得甚慢，寫完後搖頭晃腦的輕輕讀了一遍。韋小寶只聽到有甚麼「神龍島」、「洪教主」、「壽與天齊」等等語句，最後則是第一部在何地何山，第二部在何地何山。他心下恍然，這些話都是他在普濟寺中向胖頭陀信口胡吹的，那知胖頭陀居然信以爲眞，回來大加傳揚。又想：「那日胖頭陀邀我上神龍島來見洪教主，我說甚麼也不肯，不料鬼使神差，這船又竟駛到了這裏，眼下西洋鏡拆穿，洪教主又已知道了。他當然要大發脾氣，只怕要將好姊姊和我丟入蛇坑，給幾千幾萬條毒蛇吃得屍骨無存。」想到無窮無盡的毒蛇纏上身來，當眞不寒而慄。

陸先生轉過身來，臉上神色十分得意，微笑道：「韋公子，你識得石碣上的蝌蚪文，委實可喜可賀。也是本教洪教主洪福齊天，才天降你這位神童，能讀蝌蚪文字。」

韋小寶哼了一聲，道：「你不用取笑。我又識得甚麼蝌蚪文、青蛙文了？老子連癩蝦蟆文也不識。我是瞎說一番，騙那瘦竹篙頭陀的。」

陸先生笑道：「韋公子何必過謙？這是公子所背誦的石碣遺文，我筆錄了下來，請公子指點，是否有誤。」說著讀道：

「維大唐貞觀二年十月甲子，特進衛國公李靖，右領軍大將軍宿國公程知節，光祿大夫兵部尚書曹國公李勣，徐州都督胡國公秦叔寶會於五台山錦繡峯，見東方紅光耀天，斗大金字現於雲際，文曰：『千載之下，爰有大清。東方有島，神龍是名。教主洪某，得蒙天恩。威靈下濟，丕赫威能。降妖伏魔，如日之昇。羽翼輔佐，吐故納新。萬瑞百祥，罔不豐登。仙福永享，普世崇敬。壽與天齊，文武仁聖。』須臾，天現青字，文曰：『天賜洪某四十二章經八部，一存河南伏牛山蕩魔寺，二存山西筆架山天心庵，三存四川青城山凌霄觀，四存河南嵩山少林寺，五存湖北武當山眞武觀，六存川邊崆峒山迦葉寺，七存雲南昆明沐王府，八存雲南昆明平西王府。』靖等恭錄天文，彫於石碣，以待來者。」

陸先生抑揚頓挫的讀畢，問道：「有沒讀錯？」韋小寶道：「這是唐朝的石碣，怎會知道後世有個平西王吳三桂？」陸先生道：「上帝聰明智慧，無所不知，無所不曉，既知後世有洪教主，自然也知道有吳三桂了。」韋小寶心中暗暗好笑，點頭道：「那也說得是。」心想：「不知你在搗甚麼鬼？」

陸先生道：「這石碑上的文字，一字也讀錯不得。雖然韋公子天賦聰明，但依我之見，那也是聖靈感動，才識得這些蝌蚪文字，日後倉卒之際，或有認錯。最好韋公子將這篇碑文讀得滾瓜爛熟，待洪教主召見之時，背誦如流，洪教主一喜歡，自然大有賞賜。」

韋小寶雙眼一翻，登時恍然大悟，連連點頭，說道：「原來如此，原來如此。」料知胖頭陀和陸先生已稟報洪教主，說有個小孩識得石碑上的文字，洪教主定要傳見考問。豈知這件事全是假的，陸先生怕教主怪罪，只得假造碑文，來騙教主一騙。

陸先生道：「我現在讀一句，韋公子跟一句，總須記得一字不錯爲止。『維大唐貞觀二年十月甲子……』」

事到臨頭，韋小寶欲待不讀，也不可得，何況串通了去作弄洪教主，倒也十分有趣，便跟著誦讀。他生性機伶，聽過一段幾百字的言語，要再行複述，那是半點不費力氣，說到讀書，可就要他的命了，這篇短文雖只寥寥數百字，但所有句子都十分拗口，含義更全不明白，甚麼「不赫威能」、「吐故納新」，渾不知是甚麼意思，只得跟著陸先生一遍又一遍的讀下去。幸虧陸先生不怕厭煩的教導，但也讀了三十幾遍，這才背得一字無誤。

當晚他睡在陸先生家中，次晨又再背誦。陸先生聽他已盡數記住，甚是歡喜，於是取過紙筆，將一個個蝌蚪字寫了出來，教他辨認，那一個是「維」字，那一個是「貞」字。這一來韋小寶不由得叫苦連天，這些蝌蚪文扭來扭去，形狀都差不多，要他一一分辨，又寫將出來，當眞難於登天，苦於殺頭。他片刻也難坐定，如何能靜下心來學蝌蚪文？

韋小寶固然愁眉苦臉，陸先生更加惴惴不安。陸先生這時早已知道，石碣上文字另有含義，他數了胖頭陀所拓搨片中的字數，另作一篇文字，硬生生的湊上去，只求字數相同，碣文能討得洪教主歡心，那管原來碣文中寫些甚麼。如此拼湊，自然破綻百出，「維大唐貞觀二年」這句中，「二」字排在第六，但碣文中第六字的筆劃共有十八筆之多，無論如何說不上是個「二」字，第五字只有三筆，與那「觀」字也極難拉扯得上。但顧得東來西又倒，陸先生才氣再大，倉卒間也捏造不出一篇天衣無縫的文章來。洪教主聰明之極，這篇假文章多半逃不過他法眼，但大難臨頭，說不得只好暫且搪塞一時，日後的禍患，只好走著瞧了。

這天教韋小寶寫字，進展奇慢，直到中午，只寫會了四個蝌蚪文，幸好蝌蚪文本來奇形怪狀，在韋小寶筆下寫出來難看之極，倒也不覺如何刺眼，若是正楷，由一個從未學過寫字的孩子寫將出來，任誰一看，立知眞僞。

下午學了三字，晚間又學了兩字，這一天共學了九個字。韋小寶不住口的大吵大嚷，幾次擲筆不學。陸先生又恐嚇，又哄騙，最後叫了方怡來坐在旁邊相陪，韋小寶這才勉強耐心續學。陸先生一面教，一面暗暗躭心，只怕洪教主隨時來傳，倘若一篇文章尚未學全，便給教主叫了去，韋小寶這顆腦袋固然不保，自己難免陪著他全家送命。

可是這件事絲毫心急不得，越盼他快些學會，韋小寶反而越學越慢，腦子中塞滿的這許多蝌蚪，便如眞的在糾纏游動一般，實在難以辨認。

學得數日，韋小寶身上毒蛇所噬的傷口倒好全了，勉強認出的蝌蚪文卻還只二三十字，而且纏夾不清，十個字中往往弄錯了七八個。

陸先生正煩惱間，忽聽得門外胖頭陀的聲音說道：「陸先生，教主召見韋公子！」

陸先生臉如土色，手一顫，一枝蘸滿了墨汁的毛筆掉落衣襟之上。

一個極高極瘦的人走進書房，正是胖頭陀到了。韋小寶笑道：「胖尊者，你怎地今日才來見我？我等了你好久啦。」

胖頭陀見到陸先生的神色，已知大事不妙，不答韋小寶的話，喃喃自語：「我早該知道這小鬼是在胡說八道，偏是痰迷了心竅，要想立甚麼大功，不料反而更加早死。」

陸先生冷笑道：「你不過光棍一條，那也罷了，姓陸的一家八口，卻盡數陪了你送命。」

胖頭陀一聲長嘆，道：「大家命該如此，這叫做在劫難逃。陸兄，事已至此，你我同生共死，大丈夫死就死了，又有何懼？」

韋小寶拍手道：「胖尊者這話說得是，是英雄好漢，怕甚麼了？我都不怕，你們更加不用怕。」

陸先生冷笑一聲，道：「無知小兒，不知天高地厚，等到你知道怕，已經遲了。」

胖頭陀出神半晌，道：「胖尊者請稍待，我去向拙荊吩咐幾句。」

過了一會，陸先生回入書房，臉上猶有淚痕。胖頭陀道：「陸兄，你的升天丸，請給我一粒。」陸先生點點頭，從懷中取出一個瓷瓶，拔開瓶塞，倒出一粒紅色藥丸給他，說道：「這丸入口氣絕，非到最後關頭，不可輕舉妄動。」胖頭陀接過，苦笑道：「多謝了！胖頭陀對自己性命也還看得不輕，不想這麼快就即升天。」

韋小寶在五台山上，見胖頭陀力敵少林寺十八羅漢，威風凜凜，此刻討這毒藥，顯是當洪教主怪罪之時便即自殺，才明白事態果眞緊急，不由得害怕起來。

三人出門，韋小寶隱隱聽得內堂有哭泣之聲，問道：「方姑娘呢？她不去麼？」胖頭陀道：「哼，你小小年紀，倒是多情種子，五台山上有個私奔老婆，這裏又有個方姑娘。」左手一把將他抱起，喝道：「走罷！」邁開大步，向東急行，頃刻間疾逾奔馬。

陸先生跟在他身畔，仍是一副愁眉苦臉的模樣。韋小寶見他顯得毫不費力，卻和胖頭陀並肩而行，竟不落後半步，才知這文弱書生原來也身負上乘武功，說道：「胖尊者、陸先生，你們二位武功這樣高強，又何必怕那洪教主？你們……」胖頭陀伸出右掌，一把按住他口，怒道：「在這神龍島上，你敢說這等大逆不道的話，可活得不耐煩了？」韋小寶給他這麼一按，氣爲之窒，心道：「他媽的，你怕洪教主怕成這等模樣，還自稱是英雄呢，狗熊都不如！」

三人向著北方一座山峯行去。行不多時，只見樹上、草上、路上，東一條、西一條，全是毒蛇，但說也奇怪，對他三人卻全不滋擾。轉過了兩個山坡，抬頭遙見峯頂建著幾座大竹屋。胖頭陀抱著韋小寶直上峯頂。

這時山道狹窄，陸先生已不能與胖頭陀並肩而行，落後丈許。胖頭陀將嘴湊在韋小寶耳邊，低聲問道：「你那部《四十二章經》呢？」韋小寶道：「不在我身邊。」胖頭陀道：「那還用說？你身邊早已搜過了幾遍。到那裏去啦？」韋小寶道：「少林寺十八羅漢拿了經書，自然去交了給他們方丈。」心想這瘦竹篙頭陀打不過少林十八羅漢，聽得經書到了少林寺方丈手中，自然不敢去要，就算敢去要，也必給人家攆了出來。

那日胖頭陀親手將經書交在澄心和尚手中，對韋小寶這句話自無懷疑，低聲道：「待會見了教主，可千萬不能提到此事。否則教主逼你交出經書，你交不出，教主他老人家非將你丟入毒蛇窠不可。」

韋小寶聽他語聲中大有懼意，而且顯然怕給陸先生聽到，低聲道：「你明明已搶到了經書，又還給了少林寺和尚，教主知道了，更非將你丟入毒蛇窠不可。哼哼，就算暫時不罰你，派你去少林寺奪還經書，也有得夠你受的了。」胖頭陀身子一顫，默然不語。

韋小寶道：「咱哥兒倆做樁生意。有甚麼事，你照應我，我也照應你。大家悶聲大發財。否則大家一拍兩散，同歸於盡。」

陸先生突然在身後接口問道：「甚麼一拍兩散，同歸於盡？」

韋小寶道：「咱三人有福共享，有難同當。」心想此刻處境之糟，已然一塌胡塗，能把這兩個好手牽累在內，多少有點依傍指望。

胖頭陀和陸先生都默不作聲，過了一會，兩人齊聲長嘆。

又行了一頓飯時分，到了峯頂。只見四名身穿青衣的少年挽臂而來，每人背上都負著一柄長劍。左首一人問道：「胖頭陀，這小孩幹甚麼的？」

胖頭陀放下韋小寶，道：「教主令旨，傳他來的。」

西首三名紅衣少女嘻嘻哈哈的走來，背上也負著長劍，見到三人，迎了上來。一個少女笑道：「胖頭陀，這小孩是你的私生子麼？」說著在韋小寶頰上捏了一把。胖頭陀道：「姑娘取笑了。這小孩是教主他老人家特旨呼召，有要緊事情問他。」另一個圓臉少女捏了一下韋小寶的右頰，笑道：「瞧這娃娃相貌，定是胖頭陀的私生兒，你賴也賴不掉的。」

韋小寶大怒，叫道：「我是你的私生兒子。你跟胖頭陀私通，生了我出來。」

一衆少年少女一怔，隨即哈哈大笑。那圓臉少女臉上通紅，啐道：「小鬼，你作死啊！」伸手便打。韋小寶側頭避開。這時又有十幾名年輕男女聞聲趕到，都向那圓臉少女取笑。那少女又羞又惱，左足飛起，在韋小寶屁股上猛力踢了一腳。韋小寶大叫：「媽，你幹麼打兒子？」一衆少年少女笑得更加響了。

只聽得鐘聲鏜鏜鏜響起，衆人立即肅靜傾聽，二十多名年輕男女轉身向竹屋中奔去。

胖頭陀道：「教主集衆致訓。」向韋小寶道：「待會見到教主之時，可千萬不能胡說八道。」韋小寶見他神色鬱鬱，這些年輕男女對他又頗爲無禮，心想他武功甚高，幹麼怕了這些十幾歲的娃娃，不由得對他有些可憐，便點了點頭。

只見四面八方有人走向竹屋，胖頭陀和陸先生帶著韋小寶走進屋去。過了一條長廊，眼前突然出現一座大廳。這廳碩大無朋，足可容得千人之衆。韋小寶在北京皇宮中住得久了，再巨大的廳堂也不在眼中。可是這座大廳卻實在巨大，一見之下，不由得肅然生敬。

但見一羣羣少年男女衣分五色，分站五個方位。青、白、黑、黃四色的都是少年，穿紅的則是少女，背上各負長劍，每一隊約有百人。大廳彼端居中並排放著兩張竹椅，鋪了錦緞墊子。兩旁站著數十人，有男有女，年紀輕的三十來歲，老的已有六七十歲，身上均不帶兵刃。大廳中聚集著五六百人，竟沒半點聲息，連咳嗽也沒一聲。

韋小寶心中暗罵：「他媽的，好大架子，皇帝上朝麼？」過了好一會，鐘聲連響九下，內堂腳步聲響。韋小寶心道：「鬼教主出來了。」

那知出來的卻是十名漢子，都是三十歲左右年紀，衣分五色，分在兩張椅旁一站，每一邊五人。又過了好一會，鐘聲鏜的一聲大響，跟著數百隻銀鈴齊奏。廳上衆人一齊跪倒，齊聲說道：「教主仙福永享，壽與天齊。」胖頭陀一扯韋小寶衣襟，令他跪下。

韋小寶只得也跪了下來，偷眼看時，見有一男一女從內堂出來，坐入椅中。鈴聲又響，衆人慢慢站起。

那男的年紀甚老，白鬢垂胸，臉上都是傷疤皺紋，醜陋已極，心想這人便是教主了。那女的卻是個美貌少婦，看模樣不過二十二三歲年紀，微微一笑，媚態橫生，艷麗無匹。韋小寶暗讚：「乖乖不得了！這女人比我那好姊姊還要美貌。皇宮和麗春院中，都還沒這等標致腳色。」

左首一名青衣漢子踏上兩步，手捧青紙，高聲誦道：「恭讀慈恩普照、威臨四方洪教主寶訓：『眾志齊心可成城，威震天下無比倫！』」

廳上眾人齊聲唸道：「眾志齊心可成城，威震天下無比倫！」

韋小寶一雙眼珠正骨碌碌的瞧著那麗人，眾人這麼齊聲唸了出來，將他嚇了一跳。

那青衣漢子繼續唸道：「教主仙福齊天高，教眾忠字當頭照。教主駛穩萬年船，乘風破浪逞英豪！神龍飛天齊仰望，教主聲威蓋八方。個個生為教主生，人人死為教主死，教主令旨盡遵從，教主如同日月光！」

那漢子唸一句，眾人跟著讀一句。韋小寶心道：「甚麼洪教主寶訓？大吹牛皮。我天地會的切口詩比它好聽得多了。」

眾人唸畢，齊聲叫道：「教主寶訓，時刻在心，建功克敵，無事不成！」那些少年少女叫得尤其起勁。洪教主一張醜臉上神情漠然，他身旁那麗人卻笑吟吟的跟著唸誦。

眾人唸畢，大廳中更無半點聲息。

注：唐末軍閥羅紹威取魏博鎮，將其五千精兵盡數殺死，事後深爲懊悔，自認是極大錯誤，說：「合六州四十三縣鐵，不能爲此錯也。」王莽時錢幣以銅鐵鑄作刀形，刀上文字鍍以黃金，稱爲「錯刀」。羅紹威以錯刀之「錯」喻錯誤之「錯」，此錯之大，聚六州四十三縣之鐵，也難以鑄成。「九州聚鐵鑄一字」，此「一字」爲一個大「錯」字，本書借用以喻韋小寶受騙赴神龍島，悔之莫及。

戰國時秦國商鞅變法，法令初頒時恐人民不遵，立三丈之木於南門，宣稱若能搬出北門者賞五十金，此事甚易而賞重，衆皆不信。有一人試行搬木，商鞅果然依令照賞，於是人人皆信其法。商鞅立法嚴峻，民不敢違。

洪夫人右足在匕首柄上一點，那匕首陡地向她咽喉疾射過去。韋小寶驚叫：「小心！」洪夫人身子向下急縮，那匕首竟飛過她頭頂，疾射教主胸口。

第二十回　殘碑日月看仍在　前輩風流許再攀

那麗人眼光自西而東的掃過來，臉上笑容不息，緩緩說道：「黑龍門掌門使，今日限期已至，你將經書繳上來。」她語音又淸脆，又嬌媚，動聽之極，伸出左手，攤開手掌。

韋小寶遠遠望去，見那手掌眞似白玉彫成一般，心底立時湧起一個念頭：「這女人年紀雖比我大了幾歲，但做我老婆倒也不錯。她如到麗春院去做生意，揚州的嫖客全要擁到，蘇州、鎭江、南京的男人也要趕來，將麗春院大門也擠破了。」

左首一名黑衣老者邁上兩步，躬身說道：「啓稟夫人：北京傳來稟告，已查到四部經書的下落，正加緊出力，依據教主寶訓教導，就算性命不要，也要取到，奉呈教主和夫人。」他語音微微發抖，顯是十分害怕。

韋小寶心道：「可惜，可惜，這個標致女人，原來竟是這老醜洪教主的老婆，一朵鮮花插在牛糞上。月光光，照毛坑！」

那女人微微一笑，說道：「教主已將日子寬限了三次，黑龍使你總是推三阻四，不肯出力，對教主未免太不忠心了罷？」

黑龍使鞠躬更低，說道：「屬下受教主和夫人大恩，粉身碎骨，也難圖報。實在這事萬分棘手，屬下派到宮裏的六人之中，已有鄧炳春、柳燕二人殉教身亡。還望教主和夫人恩准寬限。」

韋小寶心道：「那肥母豬和假宮女原來是你的下屬。只怕老婊子的職位也沒你大。」那女子左手抬起，向韋小寶招了招，笑道：「小弟弟，你過來。」韋小寶嚇了一跳，低聲道：「我？」那女子笑道：「對啦，是叫你。」韋小寶向身旁陸先生、胖頭陀二人各望一眼。陸先生道：「夫人傳呼，上前恭敬行禮。」韋小寶心道：「我偏不恭敬，又待怎地？」可是走上前去，還是恭恭敬敬的躬身行禮，說道：「教主和夫人仙福永享，壽與天齊。」

洪夫人笑道：「這小孩倒乖巧。誰教你在教主之下，加上『和夫人』三個字？」

韋小寶不知神龍教中教眾向來只說「教主仙福永享，壽與天齊」，一入教後，便將這些話唸得熟極而流，誰也不敢增多一字，減少半句。韋小寶眼見這位夫人容貌既美，又極有權勢，反正拍馬屁不用本錢，隨口便加上了「和夫人」三字，聽她相詢，便道：「教主有夫人相伴，壽與天齊才有樂趣，否則過得兩三百年，夫人歸天，教主豈不寂寞得緊？」

洪夫人一聽，笑得猶似花枝亂顫，洪教主也不禁莞爾，手撚長鬚，點頭微笑。神龍教中上下人等，一見教主，無不心驚膽戰，誰敢如此信口胡言？先前聽得韋小寶如此說，都代他捏一把汗，待見教主和夫人神色甚和，才放了心。

洪夫人笑道：「那麼這三個字，是你自己想出來加上去的了？」

韋小寶道：「正是，那是非加不可的。那石碑彎彎曲曲的字中，也提到夫人的。」此言一出，陸先生全身登如墮入冰窖，自己花了無數心血，才將一篇碑文教了他背熟，忽然間他別出心裁，加上夫人的名字，那如何還湊得齊字數？這頑童信口開河，勢不免將碑文亂說一通，自己所作文字本已破綻甚多，這一來還不當場敗露？

洪夫人聽了也是一怔，道：「你說石碑上也刻了我的名字？」韋小寶道：「是啊！」他隨口說了「是啊」二字，這才暗叫：「糟糕！她若要我背那碑文，其中卻沒說到夫人。」好在洪夫人並不細問，說道：「你姓韋，從北京來的，是不是？」韋小寶又道：「是啊。」洪夫人道：「聽胖頭陀說，你在北京見過一個名叫柳燕的胖姑娘，她還教過你武功？」

韋小寶心想：「我跟胖頭陀說的話，除了那部經書之外，他都稟告了教主和夫人，眼下只好死挺到底，反正胖柳燕已經死了，這叫做死無對證。」便道：「正是，這個柳姑姑是我叔叔的好朋友，白天夜裏，時時到我家裏來的。」

洪夫人笑吟吟的問道：「她來幹甚麼？」韋小寶道：「跟我叔叔說笑話啊。有時他們還摟住了親嘴，以爲我看不到，我可偷偷都瞧見了。」他知越說得活靈活現，諸般細微曲折的細節都說到了，旁人越會相信。

洪夫人笑道：「你這孩子滑頭得緊。人家親嘴，你也偷看。」轉頭向黑龍使道：「你聽見嗎？小孩子總不會說謊罷？」

韋小寶順著她眼光瞧去，見黑龍使臉色大變，恐懼已達極點，身子發顫，雙膝一曲，跪倒在地，連連磕頭，道：「屬下……屬下督導無方，罪該萬死，求教主和夫人網……網開一面，准屬下將功贖罪。」韋小寶大奇，心想：「我說那肥豬姑娘和我叔叔親嘴，跟這老頭兒又有甚麼相干？爲甚麼要嚇成這個樣子？」

洪夫人微笑道：「將功贖罪？你有甚麼功勞？我還道你派去的人，當眞忠心耿耿的在爲教主辦事。那知道在北京，卻在幹這些風流勾當。」黑龍使又連連磕頭，額頭上鮮血涔涔而下。韋小寶心下不忍，想說幾句對他有利的言語，一時卻想不出來。

黑龍使膝行而前，叫道：「教主，我跟著你老人家出死入生，雖無功勞，也有苦勞。」洪夫人冷笑道：「你提從前的事幹甚麼？你年紀這樣大了，還能給教主辦多少年事？黑龍使這職位，早些不幹，豈不快活？」黑龍使抬起頭來望著洪教主，哀聲道：

「教主，你對老部下、老兄弟，總該開恩罷？」

洪教主臉上神色木然，淡淡的道：「咱們教裏，老朽胡塗之人太多，也該好好整頓一下才是。」他聲音低沉，說來模糊不清。韋小寶自見他以來，首次聽到他說話。

突然間數百名少男少女齊聲高呼：「教主寶訓，時刻在心，建功克敵，無事不成！」

黑龍使嘆了口氣，顫巍巍的站起身來，說道：「吐故納新，我們老人，原該死了。」轉過身來，說道：「拿來罷！」

廳口四名黑衣少年快步上前，手中各托一隻木盤，盤上有黃銅圓罩罩住，走到黑龍使身前，將木盤放在地下，迅速轉身退回。廳上衆人不約而同的退了幾步。

黑龍使喃喃的道：「教主寶訓，時刻在心，建功克敵，無事不成，……嘿嘿，有一事不成，便是屬下並不忠心耿耿。」伸手握住銅蓋頂上的結子，向上一提。

盤中一物突然竄起，跟著白光一閃，斜刺裏一柄飛刀激飛而至，將那物斬爲兩截，掉在盤中，蠕蠕而動，却是一條五彩斑斕的小蛇。

韋小寶一聲驚呼。廳中衆人也都叫了起來：「那一個？」「甚麼人犯上作亂？」「拿下了！」「那一個叛徒，膽敢忤逆教主？」

洪夫人突然站起，雙手環抱，隨即連擺三下。只聽得唰唰唰唰，長劍出鞘之聲大作，數百名少男少女奔上廳來，將五六十名年長教衆團團圍住。這數百名少年青衣歸青衣，白衣歸白衣，毫不混雜，各人佔著方位，或六七人、或八九人分別對付一人，長劍分指要害，那數十名年老的頃刻之間便遭制住。胖頭陀和陸先生身周，也各有七八人以長劍相對。

一名五十來歲的黑鬚道人哈哈大笑，說道：「夫人，你操練這陣法，花了好幾個月功夫罷？要對付老兄弟，其實用不著這麼費勁。」站在他身周的是八名紅衣少女，兩名少女長劍前挺，劍尖挺住他心口，喝道：「不得對教主和夫人無禮。」那道人笑道：「夫人，那條五彩神龍，是我無根道人殺的。你要處罰，儘管動手，何必連累旁人？」

洪夫人坐回椅中，微笑道：「你自己認了，再好也沒有。道長，教主待你不薄吧？委你爲赤龍門掌門使，那是教主一人之下，萬人之上的高職，你爲甚麼要反？」無根道人說道：「屬下沒有反。黑龍使張淡月有大功於本教，只因他屬下有人辦事不力，夫人便要取他性命，屬下大膽向教主和夫人求個情。」洪夫人笑道：「倘若我不答允呢？」

無根道人道：「神龍教雖是教主手創，可是數萬兄弟赴湯蹈火，人人都有功勞。當年起事，共有一千零二十三名老兄弟，到今日有的命喪敵手，有的爲教主誅戮，賸下來的已不到一百人。屬下求教主開恩，饒了我們幾十個老兄弟的性命，將我們盡數開革出教。教主和夫人見著我們老頭兒討厭，要起用新人，便叫我們老頭兒一起滾蛋罷。」

洪夫人冷笑道：「神龍教創教以來，從沒聽說有人活著出教的。無根道長這麼說，當眞異想天開之至。」無根道人道：「這麼說，夫人是不答允了？」洪夫人道：「對不起，本敎沒這個規矩。」無根道人哈哈一笑，道：「原來教主和夫人非將我們盡數誅戮不可。」洪夫人微笑道：「那也不然。老人忠於教主，教主自然仍舊當他好兄弟，決無歧視。我們不問年少年長，只問他對教主是否忠心。那一個忠於教主的，舉起手來。」

數百名少年男女一齊舉起左手，被圍的年長教衆也都舉手，連無根道人也高舉左手，大家同聲道：「忠於教主，決無二心！」韋小寶見大家舉手，也舉起了手。

洪夫人點頭道：「那好得很啊，原來人人忠於教主，連這個新來的小弟弟，雖非本教中人，居然也忠於教主。」韋小寶心道：「我忠於烏龜王八蛋。」洪夫人道：「大家都忠心，那麼我們這裏一個反賊也沒有了。恐怕有點不對頭吧？得好好查問查問。衆位老兄弟只好暫且委屈一下，都綁了起來。」數百名少年男女齊聲應道：「是！」

一名魁梧大漢叫道：「且慢！」洪夫人道：「白龍使，你又有甚麼高見？」那大漢道：「高見是沒有，屬下覺得不公平。」洪夫人道：「嘖嘖嘖，你指摘我處事不公平。」那大漢道：「屬下不敢，屬下跟隨教主二十年，凡事勇往直前。我爲本教拚命之時，這些小娃娃都還沒生在世上。爲甚麼他們才對教主忠心，反說我們老兄弟不忠心？」

洪夫人笑吟吟的道：「白龍使這麼說，那是在自己表功了。你是不是說，倘若沒有你白龍使鍾志靈，神龍教就無今日？」

那魁梧大漢鍾志靈道：「神龍教建教，是教主一人之功，大夥兒不過跟著他老人家打天下，有甚麼功勞可言，不過……」

洪夫人道：「不過怎樣啊？」鍾志靈道：「不過我們沒有功勞，這些十幾歲的小娃娃們就更加沒有功勞。」洪夫人道：「我不過二十幾歲，那也沒有功勞了？」鍾志靈遲疑半晌，道：「不錯，夫人也沒有功勞。創教建業，是教主他老人家一人之功。」

洪夫人緩緩的道：「既然大家沒有功勞，殺了你也不算冤枉，是不是？」說到這裏，眼中閃過一陣殺氣，臉上神色仍嬌媚萬狀。

鍾志靈怒叫：「殺我姓鍾的一人，自然不打緊。就只怕如此殺害忠良，誅戮功臣，神龍教的基業，要毀於夫人一人之手。」

洪夫人道：「很好，很好，唉，我倦得很。」這幾個字說得懶洋洋地，那知道竟是下令殺人的暗號。站在白龍使身周的七名白衣少年一聽，長劍同時挺出，一齊刺入鍾志靈身子。七劍拔出，他身上射出七股血箭，濺得七名白衣少年衣衫全是鮮血，倒地而死。七名少年退到廊下，行動甚是整齊。

教中老兄弟都知白龍使鍾志靈武功甚高，但七劍齊至，竟無絲毫抗禦之力，足見這七名少年爲了今日在廳中刺這一劍，事先曾得教主指點，又已不知練了多少遍，實已到了熟極而流的地步，無不心下慄慄。

洪夫人打了個呵欠，左手輕輕按住了櫻桃小口，顯得嬌慵之極。洪教主仍神色木然，對白龍使的喪命，宛若沒瞧見。洪夫人輕輕的道：「青龍使、黃龍使，你們兩位覺得白龍使鍾志靈謀叛造反，是不是罪有應得？」

一個細眼尖臉的老者躬身說道：「鍾志靈反叛教主和夫人，處心積慮，由來已久，屬下十分痛恨，曾向夫人告發了好幾次。夫人總是說，瞧在老兄弟面上，要讓他有個悔改的機會。教主和夫人寬宏大量，只盼他改過自新，那知這人惡毒無比，委實罪不可赦。如此輕易將他處死，那是萬分便宜了他。教中兄弟，無不感激教主和夫人的恩德。」

韋小寶心道：「這是個馬屁大王。」

洪夫人微微一笑，說道：「黃龍使倒還識得大體。青龍使，你以爲怎樣？」

一個五十來歲的高瘦漢子向身旁八名青衣少年怒目而視，斥道：「滾開。教主要殺我，我不會自己動手嗎？」八名少年長劍向前微挺，劍尖碰到了他衣衫。那漢子嘿嘿幾聲冷笑，慢慢提起雙手，抓住了自己胸前衣衫，說道：「教主、夫人，當年屬下和赤、白、黑、黃四門掌門使義結兄弟，決心爲神龍教賣命，沒想到竟有今日。夫人要殺許某，並不希奇，奇在黃龍使殷大哥貪生怕死，竟說這等卑鄙齷齪的言語，來誣衊自己好兄弟……」

猛聽得「嗤」的一聲急響，那漢子雙手向外疾分，已將身上長袍扯爲兩半，手臂一振之間，兩片長袍橫捲而出，將身旁八名青衣少年的長劍盪開，青光閃動，手掌中已多了兩柄尺半長的短劍。嗤嗤之聲連響，八名青衣少年胸口中劍，盡數倒地，傷口中鮮血直噴。八人屍身倒在他身旁，圍成一圈，竟排得十分整齊。這幾下手法之快，直如迅雷不及掩耳。

洪夫人一驚，雙手連拍，二十餘名青衣少年同時搶上，挺劍攔在青龍使身前，又團團將他圍住。

青龍使哈哈大笑，朗聲說道：「夫人，你教出來的這些娃娃，膿包之極。教主要靠這些小傢伙來建功克敵，未免有些不大順手罷？」

七少年刺殺鍾志靈，洪教主猶如視而不見，青龍使刺殺八少年，他仍似無動於衷，穩穩而坐，始終渾不理會。

洪夫人嫣然一笑，說道：「青龍使，你劍法高明得很哪，今日……」

忽聽得嗆啷啷、嗆啷啷之聲大作，大廳中數百名少年男女手中長劍紛紛落地，衆人大奇之下，見衆少年一個個委頓在地，各人隨即覺得頭昏眼花，立足不定。功力稍差的先行摔倒，跟著餘人也搖搖晃晃，倒了下來，頃刻之間，大廳中橫七豎八的倒了一地。

洪夫人驚呼：「爲……爲甚麼……」身子一軟，從竹椅中滑了下來。

青龍使卻昂然挺立，獰笑道：「教主，你殘殺兄弟，想不到也有今日罷？」兩柄短劍一擊，錚然作聲，踏著地下衆人身子，向洪教主走去。

洪教主哼了一聲，道：「那也未必！」伸手抓住竹椅靠手，喀喇一聲，拗斷了靠手。

青龍使登時變色，退後兩步，說道：「教主，偌大一個神龍教，弄得支離破碎，到底是誰種下的禍胎，你老人家現下總該明白了罷？」

洪教主「嗯」的一聲，突然從椅上滑下，坐倒在地。青龍使大喜，搶上前去，驀地裏呼的一聲，一物夾著一股猛烈之極的勁風，當胸飛來。青龍使右手短劍用力斬出，那物斷爲兩截，原來便是洪教主從竹椅上拗下的靠手。他這一擲之勁非同小可，一段竹棍雖給斬斷，上半截餘勢不衰，噗的一聲，插入青龍使胸口，撞斷了五六條肋骨，直沒至肺。

青龍使一聲大叫，戛然而止，肺中氣息接不上來，登時啞了。身子晃了兩下，手中兩柄短劍落地，分別插入了兩名少年身上。這兩名少年四肢痲軟，難以動彈，神智卻仍清醒，口中也能說話，短劍插身，痛得高聲大叫。

數百名少年男女見教主大展神威，擊倒青龍使，齊聲歡呼。只見洪教主右手撐地，掙扎著要想站起，但右腿還沒站直，雙膝一軟，倒地滾了幾滾，摔得狼狽不堪。這一來，人人都知教主和自己一樣，也已中毒，筋軟肉痺。教主平素極其莊嚴，在教衆面前話也不多說一句，笑也不多笑一聲，此刻竟摔得如此丟人，自是全身力道盡失。

大廳上數百人盡數倒地，卻只一人站直了身子。此人本來身材矮小，可是在數百名臥地不起的人中，不免顯得鶴立鷄羣。

此人正是韋小寶。他鼻中聞到一陣陣淡淡幽香，只感心曠神怡，全身暖洋洋地，快美難言，眼見一個個人都倒在地下，何以會有此變故，心中全然不解。他呆了一會，伸手去拉胖頭陀，問道：「胖尊者，大家幹甚麼？」

胖頭陀奇道：「你……你沒中毒？」韋小寶奇道：「中毒？我……我不知道。」他用力扶起胖頭陀，可是胖頭陀腿上沒半點力氣，又即坐倒。

陸先生突然問道：「許大哥，你……你使的是甚麼毒？」

青龍使身子搖搖晃晃，猶似喝醉了一般，一手扶住柱子，不住咳嗽，說道：「可惜，可……可惜功敗垂成，我……我是不中用了。」

陸先生道：「是『七蟲軟筋散』？是『千里銷魂香』？是……是『化……化血……腐骨粉』？」連說了三種劇毒藥物的名稱，說到「化血腐骨粉」時，聲音顫抖，顯得害怕已極。

青龍使右肺受傷，咳嗽甚劇，答不出話。陸先生道：「韋公子卻怎地沒中毒？啊，是了！」他突然省悟，這「是了」二字叫得極響，說道：「你短劍上搽了『百花腹蛇膏』，妙計，妙計。韋公子，請你聞一聞青龍使那兩柄短劍，是不是劍上有花香？」

韋小寶心想：「劍上有毒，我才不去聞呢。」說道：「就在這裏也香得緊呢。」

陸先生臉現喜色，道：「是了，這『百花腹蛇膏』遇到鮮血，便生濃香，本是煉製香料的一門秘法，常人聞了，只有精神舒暢，可是……可是我們住在這靈蛇島上，人人都服慣了『雄黃藥酒』，以避毒蛇，這股香氣一碰上『雄黃藥酒』，便令人筋骨酥軟，十二個時辰不解。許大哥，眞是妙計。這『百花腹蛇膏』在島上本是禁物，原來你暗中早已有備，你定有三四個月沒喝雄黃藥酒了。」

青龍使坐倒在地，正好坐在兩名少年身上，搖頭道：「人算不如天算，到頭來還是中了洪安通的毒手。」

幾名少年喝道：「大膽狂徒，你膽敢呼喚教主的聖名。」

青龍使拾起一柄長劍，慢慢站起，一步步向洪教主走去，道：「洪安通的名字叫不得？我殺了這惡賊之後……咳咳……還叫不叫得？」數百名少年男女都驚呼起來。

過了一會，只聽得黃龍使蒼老的聲音道：「許兄弟，你去殺了洪安通，大夥兒奉你爲神龍教教主。大家快唸：咱們齊奉許教主號令，忠心不貳。」

大廳上沉默片刻，便有數十人唸了起來：「咱們齊奉許教主號令，忠心不貳。」有些聲音堅決，有些顯得遲疑，頗爲參差不齊。

青龍使走得兩步，咳嗽一聲，身子晃幾下，他受傷極重，但勉力掙扎，說甚麼要先殺了洪教主。

洪夫人忽然格格一笑，說道：「青龍使，你沒力氣了，你腿上半點力氣也沒了，你胸口鮮血湧了出來，快流光啦。你不成啦。坐下罷，疲倦得很，坐下罷，對了，坐下休息一會。你放下長劍，坐到我身邊來，讓我治好你的傷。對啦，坐倒罷，放下長劍。」越說聲音越溫柔嬌媚。

青龍使又走得幾步，終於慢慢坐倒，錚的一聲，長劍脫手落地。

黃龍使見青龍使再也無力站起，大聲道：「許雪亭，你這奸賊痴心妄想，他媽的想做教主，你撒泡尿自己照一照，這副德性像是不像。」

赤龍使無根道人喝道：「殷錦，你這卑鄙無恥的小人，見風使舵，東搖西擺。老道手腳一活，第一個便宰了你。」

黃龍使殷錦道：「你狠甚麼？我……我……」欲待還口，見青龍使許雪亭搖搖晃晃的又待站起，眼見這場爭鬥尚不知鹿死誰手，又住了口。

一時廳上數百人的目光，都注視在許雪亭身上。

洪夫人柔聲道：「許大哥，你倦得很了，還是坐下來罷。你瞧著我，我唱個小曲兒給你聽。你好好歇一歇，以後我天天唱小曲兒給你聽。你瞧我生得好不好看？」

許雪亭唔唔連聲，說道：「你……你好看得很……不過我……我不敢多看……」說著又即坐倒，這一次再也站不起來，但心中雪亮，自己只要一坐不起，殺不了教主，數百人中以教主功力最爲深厚，身上所中之毒定是他最先解去，那麼反叛他的一衆老兄弟人人無倖，盡數要遭他毒手，說道：「陸……陸先生，我動不了啦，你給想……想……咳咳……想個法子。」

陸先生道：「韋公子，這教主十分狠毒，待會他身上所中的毒消解，便會殺死大夥兒，連你也活不成。你快去將教主和夫人殺了。」

這幾句話他就是不說，韋小寶也早明白，當下拾起一柄劍，慢慢向洪教主走去。

陸先生又道：「這洪夫人狐狸精，儘會騙人，你別瞧她的臉，不可望她眼睛。」

韋小寶道：「是！」挺劍走上幾步。

洪夫人柔聲道：「小兄弟，你說我生得美不美？」聲音中充滿了銷魂蝕骨之意。韋小寶心中一動，轉頭便欲向她瞧去。胖頭陀大喝一聲：「害人精，看不得！」韋小寶一凜，緊緊閉住了眼睛。洪夫人輕笑道：「小兄弟，你瞧啊，向著我，睜開了眼。你瞧，我眼珠子裏有你的影子！」

韋小寶一睁眼，見到洪夫人眼波盈盈，全是笑意，不由得心中大蕩，隨即舉劍當胸，向著洪教主走去，心道：「你這樣的美人兒，我眞捨不得殺，你的老公卻非殺不可。」

忽然左側有個清脆的聲音說道：「韋大哥！殺不得！」

這聲音極熟，韋小寶心頭一震，向聲音來處瞧去，只見一名紅衣少女躺在地下，秀眉俊目，正是小郡主沐劍屏。他大吃一驚，萬想不到竟會在此和她相遇，至於她身穿赤龍門少女的紅衣，反不覺如何驚奇了，忙俯身將她扶起，問道：「你怎麼會在這裏？」

沐劍屏不答他的問話，只道：「你……你千萬殺不得教主。」韋小寶奇道：「你投了神龍教？怎……怎麼會？」沐劍屏全身軟得便如沒了骨頭，將頭靠在他肩上，一張小口剛好湊在他耳邊，低聲道：「你如殺了教主和夫人，我就活不成了。那些老頭子恨死了我們，非盡數殺了我們這些少年人不可。」韋小寶道：「我要他們不來害你，他們會答允的。」沐劍屏急道：「不，不！教主給我們服了毒藥，旁人解不來的。」

韋小寶和她久別重逢，本已十分歡喜，何況懷中溫香軟玉，耳邊柔聲細語，自是難於拒卻，又想她已給教主逼服了毒藥，旁人解救不得，那麼殺了教主，便是害死懷中這個小美人兒，此事萬萬不可，只一件事爲難，低聲道：「我如不殺教主，教主身上毒性去了之後，就要殺我了。」他將沐劍屏緊緊抱住，這句話就在她耳邊而說。

沐劍屏道：「你救了教主和夫人，他們怎麼還會殺你？」

韋小寶心想不錯，洪夫人這樣千嬌百媚，無論如何是殺不下手的，眼前正是建立大功的機會，只是胖頭陀、陸先生、無根道人這幾個，不免要給教主殺了。那無根道人十分豪傑，殺了他未免可惜。最好是旣不殺教主和夫人，也保全得胖頭陀等人的性命，便道：「正是！好老婆。就算教主要殺我，我也非救你不可。」說著在她左頰上親了一吻。

沐劍屏大羞，滿臉通紅，眼光中露出喜色，低聲道：「你立了大功，又是小孩，教主怎會殺你？」

韋小寶將沐劍屏輕輕放落，轉頭道：「陸先生，教主是殺不得的，夫人也殺不得。石碑上刻了字，說教主和夫人仙福永享，壽與天齊，我怎敢害他們性命？他二位老人家神通廣大，就是要害，也害不死的。」

陸先生大急，叫道：「碑文是假的，怎作得數？別胡思亂想了，快快將他二人殺了，否則大夥兒死無葬身之地。」

韋小寶連連搖頭，說道：「陸先生，你不可說這等犯上作亂的言語。你有沒有解藥？咱們趕快得解了教主和夫人身上的毒。」

洪夫人柔聲說道：「對啦，小兄弟，你當眞見識高超。上天派了你這樣一位少年英雄下凡，前來輔佐教主。神龍教有了你這樣一位少年英雄，眞是大家的福氣。」這幾句話說得似乎出自肺腑，充滿了驚奇讚嘆之意。

韋小寶聽在耳裏，說不出的舒服受用，笑道：「夫人，我不是神龍教的人。」

洪夫人笑道：「那再容易也沒有了。你現下即刻入教，我就是你的接引人。教主，這位小兄弟爲本教立了如此大功，咱們派他個甚麼職司才是？」

洪教主道：「白龍門掌門使鍾志靈叛教伏法，咱們升這少年爲白龍使。」

洪夫人笑道：「好極了。小兄弟，本教以教主爲首，下面就是青、黃、赤、白、黑五龍使。像你這樣一入教就做五龍使，那眞是從所未有之事。足見教主對你倚重之深。小兄弟，你姓韋，我們是知道的，你大號叫作甚麼？」

韋小寶道：「我叫韋小寶，江湖上有個外號，叫作『小白龍』。」他想起那日茅十八給他杜撰了個外號，覺得若無外號，不夠威風，想不到竟與今日之事不謀而合。

洪夫人喜道：「你瞧，你瞧！這是老天爺的安排，否則那有這樣巧法。教主金口，一言既出，決無反悔。」

陸先生大急，說道：「韋公子，你別上他們的當。就算你當了白龍使，他們一不高興，若要殺你，還不是易如反掌？白龍使鍾志靈便是眼前的榜樣。你快殺了教主和夫人，大家奉你爲神龍教教主便了。」

此言一出，衆人皆是一驚。胖頭陀、許雪亭、無根道人等都覺這話太過匪夷所思，但轉念一想，若不奉他爲教主，教中再沒比白龍使更高的職位，眼前情勢惡劣之極，衆人性命懸於其手，也只有這樣，方能誘得他去殺了教主和夫人，只消渡過難關，諒這小小孩童就算眞的當了教主，也逃不過衆人的掌握。當下衆人齊道：「對，對，我們齊奉韋公子爲神龍教教主，大夥兒對你忠心耿耿。」

韋小寶心中一動，斜眼向洪夫人瞧去，只見她半坐半臥的靠在竹椅上，全身猶似沒了骨頭一般，胸口微微起伏，雙頰紅暈，眼波欲流，心道：「做教主沒甚麼好玩，這教主夫人可真美得要命。我如做了教主，你這教主夫人可還做不做哪？」

但這念頭只在腦海中一晃而過，隨即明白：「這些人個個武功高強，身上毒性一解，我又怎管他們得了？這是過橋抽板。」過橋抽板的事，他在天地會青木堂中早已有過經歷，天地會的兄弟們是英雄好漢，過了橋之後不忙抽板，這些神龍教的傢伙，豈有不大抽而特抽、抽個不亦樂乎的？教主夫人雖美，畢竟自己的小命更美，便伸了伸舌頭，笑道：「教主我是當不來的，你們說這種話，沒的折了我的福份，而且有點兒大逆不道。這樣罷，教主、夫人，大家言歸於好，今日的帳，雙方都不算。陸先生、青龍使他們冒犯了教主，請教主寬宏大量，不處他們的罪。陸先生，你取出解藥來，大家服了，和和氣氣，豈不是好？」

洪教主不等陸先生開口，立即說道：「好，就這麼辦。白龍使勸我們和衷共濟，不咎既往，本座嘉納忠言，今日廳上一切犯上作亂之行，本座一概寬赦，不再追究。」

韋小寶喜道：「青龍使，教主答允了，那不是好得很嗎？」

陸先生眼見韋小寶無論如何是不會去殺教主了，長嘆一聲，說道：「既是如此，教主、夫人，你們兩位請立下一個誓來。」

洪夫人道：「我蘇荃決不追究今日之事，若違此言，教我身入龍潭，為萬蛇所噬。」

洪教主低沉著聲音道：「神龍教教主洪安通，日後如向各位老兄弟清算今日之事，洪某身入龍潭，爲萬蛇所噬，屍骨無存。」

「身入龍潭，爲萬蛇所噬」，那是神龍教中最重的刑罰，教主和夫人當衆立此重誓，雖爲勢所迫，卻也是決計不能反口的了。陸先生道：「青龍使，你意下如何？」許雪亭奄奄一息，道：「我……我反正活不成了。」陸先生又道：「無根道長，你以爲怎樣？」

無根道人大聲道：「就是這樣。洪教主原是我們老兄弟，他文才武功，勝旁人十倍，大夥兒本來擁他爲主，原無二心。自從他娶了這位夫人後，性格大變，只愛提拔少年男女，將我們老兄弟一個個的殘殺。青龍使這番發難，只求保命，別無他意。教主和夫人既已當衆立誓，決不追究今日之事，不再肆意殺害老兄弟，大家又何必反他？再說，神龍教原也少不得這位教主。」

一衆少年少女縱聲高呼：「教主仙福永享，壽與天齊。」

陸先生道：「韋公子，你沒喝雄黃藥酒，不中百花腹蛇膏之毒，致成今日大功，冥冥之中，自有天意。要解此毒，甚是容易，你到外面去舀些冷水來，餵了各人服下即可。」

韋小寶笑道：「這毒原來如此易解。」走到廳外，卻找不到冷水，繞到廳後，見一排放著二十餘隻七石缸，都裝滿清水，原來是防竹廳失火之用，當下滿滿提了一桶清水，回到廳中，先舀一瓢餵給教主喝下，其次餵給洪夫人。第三瓢卻餵給無根道人，說道：「道長，你是英雄好漢。」第四、五瓢餵了胖頭陀和陸先生，第六瓢餵給沐劍屏。

各人飲了冷水，便即嘔吐，慢慢手腳可以移動。韋小寶又餵數人後，陸先生已可起立行走，過去扶起青龍使許雪亭，爲他止血治傷。胖頭陀等分別去提冷水，灌救親厚的兄弟。不久沐劍屏救了幾名紅衣少女。一時大廳上嘔吐狼藉，臭不可當。

洪夫人道：「大家回去休息，明日再行聚會。」

洪教主道：「本座既不究既往，衆兄弟自夥之間，也不得因今日之事，互相爭吵尋仇，違者重罰。五龍少年不得對掌門使不敬，掌門使也不可藉故處置本門少年。」

衆人齊聲奉令，但疑忌憂慮，畢竟難以盡去。

洪夫人柔聲道：「白龍使，你跟我來。」韋小寶還不知她是在呼喚自己，見她招手，這才想起自己已做了神龍教的白龍使，便跟了過去。

教主和夫人並肩而行，出了大廳，已可行動的教衆都躬身行禮，高聲叫道：「教主仙福永享，壽與天齊！」

教主和夫人沿著一條青石板路向廳左行去，穿過一大片竹林，到了一個平台之上。台上築著幾間大竹屋，十餘名分穿五色衣衫的少年男女持劍前後把守，見到教主，一齊躬身行禮。洪夫人領韋小寶進了竹屋，向一名白衣少年道：「這位韋公子，是你們白龍門新任的掌門使，請他在東廂房休息，你們好好服侍。」說著向韋小寶一笑，進了內堂。

幾名白衣少年躬身向韋小寶道：「屬下少年參見座使。」韋小寶在皇宮中做慣了首領太監，在天地會中又做慣了香主，旁人對他恭敬，已毫不在乎，只點了點頭。

幾名白衣少年引他進了東廂房，獻上茶來。雖說是廂房，卻也十分寬敞，陳設雅潔，桌上架上擺滿了金玉古玩，壁上懸著字畫，床上被褥華美，居然有點皇宮中的派頭。

幾名白衣少年見洪夫人言語神情之中，顯然對韋小寶極為看重，而教主這「仙福居」更是從無外人在此過宿，白龍使享此殊榮，地位更在其他四使之上了。這些少年在此守衛，不知適才大廳中的變故，但見韋小寶位尊得寵，一個個過來大獻殷勤。

當日下午，韋小寶向幾名白衣少年問了五龍門的各種規矩。原來神龍教下分五門，每一門統率數十名老兄弟、一百名少年、數百名尋常教眾。掌門使本來都是教中立有大功的高手耆宿，但教主近來全力提拔新秀，往往二十歲左右之人，便得出掌僅次於掌門使的要職，因此韋小寶年紀雖小，卻也無人有絲毫詫異。

次晨洪教主和夫人又在大廳中召集教眾。各人臉上都有惴惴不安之色，教主雖已立誓不再追究，但他城府極深，誰也料不到他會有甚麼厲害手段使出來。

教主和夫人升座。韋小寶排在五龍使班次的第四位，反在胖頭陀和陸先生之上。

洪教主問道：「青龍使的傷勢怎樣？」陸先生躬身道：「啓稟教主：青龍使傷勢不

輕，性命是否能保，眼下還是難說。」教主從懷中取出一個醉紅小瓷瓶，道：「這是三顆天王保命丹，你拿去給他服了。」說著也不見他揚手，那瓷瓶便向陸先生身前緩緩飛來。

陸先生忙伸手接住，伏地說道：「謝教主大恩。」他知這天王保命丹十分難得，是教主派遣部屬採集無數珍奇藥材煉製而成，其中的三百年老山人參、白熊膽、雪蓮等物尤其難得，教主大費心力所煉成的，前後也不過十來顆而已。許雪亭服了這三顆靈丹，性命當可無礙。

其餘老兄弟都躬身道謝，均想：「青龍使昨日對教主如此衝撞，更立心要害他性命，今日教主反賜珍藥，那麼他的的確確是不咎既往了。」無不大感欣慰。大廳中本來人人嚴加戒備，這時臉上都現笑容，不少人大吁長氣。

洪夫人笑道：「白龍使，聽說你在五台山上見到一塊石碣，碣上刻有蝌蚪文字？」

韋小寶躬身道：「是！」

胖頭陀道：「啓稟教主、夫人，屬下拓得這碣文在此。」從懷中取出一個油紙包，打了開來，取出一張極大的拓片，懸在東邊牆上，拓片黑底白字，文字希奇古怪，無人能識。洪夫人道：「白龍使，你若識得這些文字，便讀給大家聽聽。」

韋小寶應道：「是。」眼望拓文，大聲背誦陸先生所撰的那篇文字：「維大唐貞觀二年十月甲子……」慢慢的一路背將下去，偶爾遺忘，便道：「嗯，這是個甚麼字，倒也難認，是了，是個『魔』字。」背到「仙福永享，普世崇敬。壽與天齊，文武仁聖」那四句時，將之改了一改，說是「仙福永享，連同夫人。壽與天齊，文武仁聖。」

這「連同夫人」四字，實在頗爲粗俗，若教陸先生撰寫，必另有雅馴字眼，但韋小寶不通文理，那裏作得出甚麼好文章來？不將四字句改成五字，已十分難能可貴了。

洪夫人一聽到這四字，眉花眼笑，說道：「教主，碣文中果眞有我的名字，倒不是白龍使胡亂揑造的。」

洪教主也十分高興，點頭笑道：「好，好！我們上邀天眷，創下這個神龍教來。原來大唐貞觀年間，上天已有預示。」

廳上教衆齊聲高呼：「教主仙福永享，壽與天齊。」

無根道人等老兄弟也自駭然，均想：「教主與夫人上應天象，那可冒犯不得。」

韋小寶最後將八部《四十二章經》的所在也都一一唸了。洪夫人嘆道：「聖賢豪傑，惠民救世，固然上天早有安排，便連吳三桂這等人，也都在老天爺的算中。教主，這八部寶經，份中應屬本教所有，遲早都會到我神龍教來。」教主撚鬚微笑，道：「夫人說得是。」

衆人又大叫：「壽與天齊，壽與天齊！」

待人聲稍靜，洪教主道：「現下開香堂，封韋小寶爲本教白龍門掌門使之職。」

神龍教開香堂，和天地會的儀節又自不同。韋小寶見香案上放著五隻黃金盤子，每隻盤子中都盛著一條小蛇，共分青、黃、赤、白、黑五色。五條小蛇昂起了頭，舌頭一伸一縮，身子卻盤著不動。

韋小寶拜過五色「神龍」，向教主和夫人磕頭，接受無根道人等人道賀。洪夫人斟了三杯雄黃酒讓他飲下，笑道：「飲了此酒，島上神龍便都知道你是自己人，以後再也不會來咬你了。」洪教主賜了一串雄黃珠子，命他貼肉掛著，百毒不侵。跟著白龍門本門的執事和少年齊來參見掌門使。洪教主吩咐：「青龍門掌門使因病休養，胖頭陀拓搨碣文有功，青龍門事務，暫由胖頭陀代理。待青龍使病愈，再行接掌。」胖頭陀躬身奉令。

洪教主又道：「五龍使和陸高軒六人，齊到後廳議事。」當即和夫人走下座來。廳上眾人高呼恭送，無根道人、韋小寶、胖頭陀、陸先生等都跟隨其後。韋小寶這時才知，原來陸先生的名字叫陸高軒。

那後廳便在大廳之後，廳堂不大，居中兩張大竹椅，教主和夫人就座。下面設了五張矮櫈，三位掌門使分別坐下，胖頭陀也坐了一張，說道：「白龍使請坐。」

韋小寶見陸先生並無座位，微感遲疑。陸先生微笑道：「白龍使請坐，『潛龍堂』中，沒有我這等閒職教眾的座位。」韋小寶料想規矩如此，胖頭陀若非代理青龍使，那也是沒有座位的了，便即坐下。陸先生站在黑龍使下首。

突然之間，殷錦等四人都站起身來，韋小寶不明所以，跟著站起，只聽殷錦和陸先生等五人齊聲唸道：「教主寶訓……」韋小寶當即跟著唸下去：「……時刻在心，建功克敵，無事不成。」他尖銳的童音，又比那五人更大聲了些。洪教主點了點頭，五人這才坐下。

洪教主道：「碣文所示，這八部《四十二章經》散處四方，可是黑龍使報稱，其中四部是在皇宮之內，卻是何故？」黑龍使道：「想來這四部經書本在少林寺、沐王府等處，後來給韃子搶入了宮中。」洪教主沉吟不語，黑龍使臉上懼意漸濃。

洪教主轉向胖頭陀，問道：「你師兄有消息回報沒有？」

胖頭陀恭恭敬敬的道：「啓稟教主：瘦頭陀以前曾說，在鑲藍旗旗主府中，曾查到一些端倪，可是後來卻再也查不到甚麼了。」

韋小寶心中一動：「鑲藍旗旗主府中？那不是陶姑姑的師父去過的地方嗎？原來胖頭陀還有個師兄，叫作瘦頭陀。」只聽洪教主說道：「你說我吩咐他儘快追查，不得懶散。」胖頭陀連聲答應。

過了一會，洪夫人微笑道：「黑龍使派人去皇宮裏取經，據他自己說已經竭盡全力，可是至今一部經書也沒取來。這件事，咱們恐怕得另派一個福份大些的人去辦了。」

黃龍使殷錦忙道：「夫人高見。取經之事，想來和福份大小干係極大。黑龍使也不是不努力，不肯爲教主立功，可是始終阻難重重，多半是福氣不夠，因此寶經難以到手。」洪夫人微笑道：「依你之見，誰的福份夠呢？」殷錦道：「本教福氣最大的，自然是教主他老人家，其次是夫人。不過總不能勞動兩位大駕，親自出馬。更其次福份最大的，首推白龍使。他識得碣文，又立下大功，印堂隱隱透出紅光，福份之大，教主屬下無人能出其右。」

洪教主撚鬚微笑，道：「但他小小孩童，能擔當這大任麼？」

白龍使一職，在神龍教雖然甚尊，在韋小寶心裏，卻半點份量也沒有，他既陷身島上，只好隨遇而安。瞧著閉月羞花的洪夫人，自是過癮之極，但瞧得多了，如給教主發見自己色迷迷的神色，難免有殺身之禍，還是儘速回北京爲妙，聽教主這麼說，正是脫身的良機，便道：「教主、夫人，承蒙提拔，屬下十分感激，我本事是沒有的，但靠了兩位的大福氣，混進皇宮中去偷這四部寶經，倒也有點成功的指望。」

洪教主點了點頭。洪夫人喜道：「你肯自告奮勇，足見對教主忠心。我知你聰明伶俐，福份又大，恐怕正是上天派來給教主辦成這件大事的。」

洪教主緩緩說道：「據黑龍使稟報，他派在皇宮中的部屬傳出消息，小皇帝手下有個小太監，叫作甚麼小桂子的……」韋小寶大吃一驚：「拆穿西洋鏡，那可糟糕之極！」

聽教主續道：「……小皇帝派了他去五台山，意欲不利於我教。我們接連派了幾批人手出去，要擒他來審問，章老三找他不到，胖頭陀也沒能成功，不料小桂子沒找到，卻遇上了你。」

殷錦聽教主語氣稍頓，說道：「那是教主洪福齊天！」

洪教主向他微微點了點頭，續道：「白龍使，你到得宮中，這小桂子的事，可得細細查一查，皇帝派他去五台山，到底有甚麼圖謀。」

韋小寶已嚇出了一身冷汗，忙道：「是，是。」心下十分歡喜，聽教主口氣，果然是派自己去皇宮了。

洪夫人道：「那八部《四十二章經》之中，據說藏有強身保命、延年益壽的大秘密。想我們教主既然上蒙天眷，許以仙福永享，壽與天齊，這八部經書，遲早自會落入教主手中。白龍使，你再去爲教主立一大功，將這八部經書取來，教主自然另有封賞。」

韋小寶站了起來，躬身說道：「屬下粉身碎骨，也難報教主與夫人的大恩，自當盡忠報國，馬革裹屍。」這「盡忠報國，馬革裹屍」八個字，是他從說書先生那裏學來的，每逢大將出征，君王勉勵，大將就慷慨激昂，說了這八個字出來，他依樣葫蘆，用在此處，未免有點不倫不類。

洪夫人一笑，說道：「你效忠教主，那就好得很了。你去北京，要那幾個人相助，可隨便挑選。」韋小寶心想：「我自求脫身，教中有人跟了去，縛手縛腳。」說道：「人多了恐怕洩漏機密，啊，是了，赤龍使座下的少女，屬下想挑一兩人去，讓她們喬裝宮女，在宮裏行事較爲方便。」他想到了沐劍屛，要將她帶去。

無根道人道：「這些小姑娘只怕沒甚麼用，只要教主和夫人允准，你隨便挑選就是。」韋小寶道：「多謝道長。」

陸高軒道：「啓稟教主、夫人，屬下昨日犯了重罪，深謝教主不殺之恩……」洪教主揮一揮手，皺眉道：「昨日之事，大家不得記在心上，今後誰也不許再提。」

陸高軒道：「是，多謝教主。屬下想跟隨白龍使同去，托賴教主與夫人洪福，或能爲教主立些微功，稍表屬下感激之誠。」洪教主點頭道：「陸高軒智謀深沉，武功高強，筆下更十分來得，一篇文章作得四平八穩。很好，很好，你跟隨白龍使同去便了。」陸高軒尋思：「他說『一篇文章作得四平八穩』，杜撰碣文之事，他早就心中雪亮。」

胖頭陀道：「啓稟教主、夫人，屬下也願隨同白龍使去北京爲教主辦事。」洪教主點了點頭，見黃龍使也欲自告奮勇，說道：「人數多了，只怕洩漏行藏，就是你們兩個同去。一切行止，全聽白龍使的號令，不得有違。」陸高軒和胖頭陀躬身說道：「屬下遵命。」

洪夫人從懷中取出一條小龍，五色斑爛，是靑銅、黃金、赤銅、白銀、黑鐵鑄成，說道：「白龍使，這是教主的五龍令，暫且交你執掌。教下數萬教衆，見此令有如親見教主。爲了幹辦大事，付你生殺大權。立功之後，將令繳回。」

韋小寶應道：「是。」雙手恭恭敬敬的接過，心下發愁：「我只盼一回北京，再也不去理他甚麼神龍教、惡虎教。拿了她這個『五龍令』，從此麻煩可多得緊了。」

洪夫人道：「白龍使與陸高軒、胖頭陀三人暫留，餘人退去。」無根道人和黑龍使、黃龍使三人行禮退出。

洪教主從身邊取出一個黑色瓷瓶，倒了三顆朱紅色的藥丸出來，說道：「三人奮勇赴北京幹事，本座甚是嘉許，各賜『豹胎易筋丸』一枚。」

胖頭陀和陸高軒臉上登時現出又歡喜、又驚懼的神色，屈右膝謝賜，接過藥丸，吞入肚中。韋小寶依樣葫蘆，跟著照做，接過「豹胎易筋丸」，當即吞服，過不多時，便覺腹中有股熱烘烘的氣息升將上來，緩緩隨著血行，散入四肢百骸之中，說不出的舒服。

洪夫人道：「白龍使暫留，餘人退去。」胖頭陀和陸高軒二人退了出去。

洪夫人微笑道：「白龍使，你使甚麼兵刃？」韋小寶道：「屬下武藝低微，沒學過甚麼兵器，只有一把匕首防身。」洪夫人道：「給我瞧瞧。」

韋小寶從靴筒中拔出匕首，倒轉了劍柄，雙手呈上。洪夫人接過一看，讚道：「好劍！」拔下一根頭髮，放開了手，那根頭髮緩緩落上刃鋒，斷為兩截。洪教主也讚了聲：「很好！」

韋小寶為人別的沒甚麼長處，於錢財器物卻看得極輕，見洪夫人對這匕首十分喜歡，心想要拍馬屁，就須拍個十足，說道：「這柄匕首，屬下獻給夫人。常言道得好：胭脂、寶劍，都要……都要獻給佳人。天下的佳人，再也沒有佳過夫人的了。」他曾聽說書先生說過多次，甚麼「寶劍贈烈士，紅粉贈佳人」，畢竟這兩句話太難，不易記得清楚。

洪夫人格格嬌笑，說道：「好孩子，你對我們忠心，可不是空口說白話。我沒甚麼好東西給你，怎能要孩子的物事？你這番心意，我可多謝了。來，我傳你三招防身保命的招式，叫做『美人三招』，你記住了。」

她走下座來，取出一塊手帕，將匕首縛在自己右足小腿外側，笑道：「教主，勞你的大駕，演一下武功。」洪教主笑嘻嘻的緩步走近，突然左手一伸，抓住了夫人後領，將她身子提在半空。這一下實在太快，韋小寶吃了一驚，「啊」的一聲，叫了出來。

洪夫人身子微曲，纖腰輕扭，左足反踢，向教主小腹踹去。教主後縮相避，洪夫人順勢反過身來，左手摟住教主頭頸，右手竟已握住了匕首，劍尖對準了教主後心，笑道：「這是第一招，叫做『貴妃回眸』，你記住了。」

這幾下乾淨利落，韋小寶看得心曠神怡，大聲喝采，叫道：「妙極！」心想：「那日我給胖頭陀抓著提起，半點法子也沒有，倘若早學了這招，一劍已刺死了他。」

教主將洪夫人身子輕輕橫放在地。洪夫人又將匕首插入小腿之側，翻身臥倒。教主伸出右足，虛踏她後腰，手中假裝持刀架住她頭頸，笑道：「投不投降？」

韋小寶心想：「到這地步，又有甚麼法子？自然是大叫投降了。」

豈知夫人嘻嘻一笑，竟不叫「投降」，驀見夫人的腦袋向著她自己胸口鑽落，敵人架在頸中的一刀自然落空，她順勢在地下一個觔斗，在教主胯下鑽過，握著匕首的右手成拳，輕輕一拳擊在教主後心，只是劍尖向上。倘若當眞對敵，這一劍自然插入了敵人背心。韋小寶又大叫一聲：「好！」

教主待她插回匕首後，將她雙手反剪，左手拿住她雙手手腕，右手虛執兵器，架在她膚光白膩的頭頸之中，笑道：「這一次你總逃不了啦。」夫人笑道：「看仔細了！」右足向前輕踢，白光閃動，那匕首已割斷她小腿上縛住的手帕，脫了出來。她右足順勢一勾，在匕首柄上一點，那匕首陡地向她咽喉疾射過去。

韋小寶驚叫：「小心！」只見她身子向下急縮，那匕首竟飛過她頭頂，疾射教主胸口。眼見情勢危急，教主放開夫人雙手，仰天一個鐵板橋，噗的一聲，匕首在他胸口掠過，直插入身後的竹牆，直沒至柄。

洪夫人勾腳倒踢匕首，韋小寶已然嚇了一大跳，待見那匕首射向她咽喉，她在間不容髮之際避開，匕首又射向教主胸口，這一下勢在必中，教主竟又避開。這幾下險到了極處的奇變，只瞧得他目瞪口呆，心驚膽戰，喉頭那一個「好」字，竟叫不出來。

洪夫人笑問：「怎樣？」韋小寶伸手抓住椅背，似欲跌倒，道：「可嚇死我了。」

洪教主洪安通和夫人見他臉色蒼白，嚇得厲害，聽了他這句話，那比之一千句、一萬句頌揚更加歡喜。他二人武功高強，多一個孩子的稱讚亦不足喜，但他如此躭心，足見對二人之忠。洪夫人明知故問：「匕首又不是向你射來，怕甚麼了？」韋小寶道：「我怕……怕傷了夫人和……和教主。」洪夫人笑道：「傻孩子，那有這麼容易便傷到教主了？這一招叫做『飛燕迴翔』，挺不易練。教主神功蓋世，就算他事先不知，這一招也傷他不著。但世上除了教主之外，能夠躲得過這出其不意一擊的，恐怕也沒幾個。」

當下將這「美人三招」的練法細細說給他聽，雖說只是三招，可是全身四肢，無一處沒有關連，如何拔劍，如何低頭，快慢部位，勁力準頭，皆須拿捏得恰到好處。那第二招臥地轉身，叫做「小憐橫陳」。洪夫人又道：「這『美人三招』，用的都是古代美人的名稱，男人學了，未免有些不雅，好在你是孩子，也不打緊。」

韋小寶一招一式的跟著學，洪夫人細心糾正，直教了一個多時辰，才算是教會了，但眞要能使，自非再要長期苦練不可，尤其第三招「飛燕迴翔」，稍有錯失，便殺了自己。洪夫人叫他去打造一柄鈍頭的鉛劍，大小重量須和匕首相同，以作練習之用。

洪安通在教眾之前，威嚴端重，不苟言笑，但此時一直陪著夫人教招，笑嘻嘻的在旁瞧著，竟然極有耐心，待夫人教畢，說道：「夫人的『美人三招』自是十分厲害，只不過中者必死。我來教你『英雄三招』，旨在降服敵人，死活由心。」

韋小寶大喜，跪了下來，說道：「叩謝教主。」

洪夫人笑道：「我可從沒聽你有『英雄三招』，原來你留了教好徒兒，卻不教我。」洪安通笑道：「這是剛才瞧了你的美人三招，臨時想出來的，現製現賣，也不知成不成。你給我指點指點。」洪夫人橫了他一眼，媚笑道：「啊喲，我們大教主取笑人啦。」洪安通道：「自來英雄難過美人關，英雄三招，當然敵不過美人三招。」洪夫人又一陣媚笑，嬌聲道：「在孩子面前，也跟我說這些風話。」

洪安通自覺有些失態，咳嗽一聲，莊容說道：「白龍使年紀小，與人動手，極易給人抓住後頸，一把提起。夫人，你就將我當作是白龍使好了。」洪夫人笑道：「你可不能弄痛人家。」洪安通道：「這個自然。」

洪夫人左手伸出，抓住他身子提了起來。洪安通身材魁梧，看來總有一百六七十斤。洪夫人嬌怯怯的模樣，居然毫不費力的一把便將他提起。

洪安通道：「看仔細了！」左手慢慢反轉，在夫人左腋底搔了一把。洪夫人格格一笑，身子軟了下來。洪安通左手拿住她腋下，右手慢慢迴轉，抓住她領口，緩緩舉起她身子，過了自己頭頂，輕輕往外摔出。洪夫人身子一著地，便淌了出去，如在水面滑溜飄行。

洪夫人笑聲不停，身子停住後，仍斜臥地下，並不站起。適才洪安通搔她腋底、反手擒拿、抛擲過頂，每一下都使得極慢，韋小寶看得清清楚楚，見他姿式優美，說不出的好看，行動雖慢，仍節拍爽利，指搔掌握，落點奇準，比之洪夫人的出手迅捷，顯然又更難了幾倍。洪夫人笑道：「你格支人家，那是甚麼英雄了？」說著慢慢站起。

洪安通微笑道：「眞正的英雄好漢，自不會來搔你癢。可是白龍使倘若給敵人提起，定是頸下『大椎穴』給一把抓住，那是手足三陽督脈之會，全身使不出力道，只好去輕搔敵人腋底『極泉穴』，這穴屬手少陽心經，敵人非鬆手不可。白龍使有了力氣，便能甩敵過頂，一摔之際，同時拿閉了敵人肘後『小海穴』和腋下『極泉穴』，將他摔在地下，他已然動彈不得。」韋小寶拍手笑道：「這一招果然妙極。」洪安通道：「你熟練之後，出招自是越快越好。」

他跟著俯伏地下，洪夫人伸足重重踏住了他後腰，右手取過倚在門邊的門閂，架在他頸中，嬌聲笑道：「你投不投降？」洪安通笑道：「我早就投降了！我向你磕頭。」雙腿一縮，似欲跪拜，右臂卻慢慢橫掠而出，碰到門閂，喀喇一聲響，門閂竟爾斷折。

韋小寶嚇了一跳，他手臂倘若急速揮出，以他武功，擊斷門閂並不希奇，但如此緩緩的和門閂一碰，居然也將門閂震斷，卻大出意料之外。

洪安通道：「你縮腿假裝向人叩頭，乘勢取出匕首。你手上雖沒我的內力，但你的匕首鋒利異常，敵人任何兵器都可一削而斷。」他口中解說，突然間一個觔斗，作勢向洪夫人胯下鑽去。

韋小寶一怔，心想他以教主之尊，怎麼可從女子胯下鑽過？雖是他自己的妻子，似乎總是不妥。那知洪安通並非眞的鑽過，只一作勢，左手已抓住夫人右腳足踝，右手虛點她小腹，道：「這是削鐵如泥的匕首，敵人便有天大的膽子，也不敢掙扎。」說著慢慢站起。

洪夫人頭下腳上，給他倒提起來，笑道：「快放手，成甚麼樣子？」

洪安通哈哈大笑，右手摟住她腰，放直她身子，說道：「白龍使，你身材矮小，不能倒提敵人，那麼抓住他足踝一拖，就算拖他不起，匕首指住他小腹，敵人也只好投降。那時你便得在他胸口『神藏』、『神封』、『步廊』等要穴踢上幾腳，防他反擊。」

韋小寶大喜，道：「是，是！這幾腳是非踢不可的。」

洪安通雙手反負背後，讓夫人拿住，洪夫人拿著半截門閂，架在他頸中。洪安通笑道：「敵人拿住我雙手，自然扣住我手腕脈門，教我手上無力，難以反擊，當此情景，本來只好用腳……」他話未說完，洪夫人「啊」的一聲，笑著放手，跳了開去，滿臉通紅，道：「不能教孩子使這種下流招數。」

洪安通笑道：「『撩陰腿』那裏是下流招數了？」正色說道：「下陰是人身要害，

中者立斃，即是名門大派的拳腳之中，也往往有『撩陰腿』這一招，少林派有，武當派也有，不足爲奇。不過敵人在你背後，你雙手受制，頸中架刀，只好使『反撩陰腿』。」說到這裏，頓了一頓，又道：「但敵人也必早防到你這一著，見你腿動，多半一刀先將你的小腦袋砍了下來。因此撩陰反踢這一招便用不著。」

他這時雙臂反在背後，又給洪夫人搶上來抓住了手腕，突然雙手十指彎起，各成半球之型，身子向後一撞，十指便抓向洪夫人胸部。

洪夫人向後急縮，放脫了他手腕，啐道：「這又是甚麼英雄招式了？」

洪安通微微一笑，道：「人身胸口『乳中』、『乳根』兩穴，不論男女，都是致命大穴。白龍使，那人既能將你雙手反剪握住，武功自是不低，何況多半已拿住你手腕穴道，就算給你抓中了，本來也不要緊，但他一見你使出這等手勢，自然而然的會向後一縮，待得想起你手上使不出力道，已然遲了一步。夫人，你再來抓住我雙手。」

洪夫人走上兩步，輕輕在他反剪的手背上打了一記，然後伸左手握住他雙手手腕，上身後仰，不讓他手指碰到自己胸口。洪安通道：「看仔細了！」背脊後撞，十指向洪夫人胸口虛抓。洪夫人明知他這一抓是虛勢，還是縮身避讓。

洪安通突然一個倒翻筋斗，身子躍起，雙腿一分，已跨在她肩頭，同時雙手拇指壓住她太陽穴，食指按眉，中指按眼，說道：「中指使力，戳瞎敵人眼睛，拇指使力，重壓令敵人昏暈。但須防人反擊。」又是一個空心觔斗，倒翻出去，遠遠躍出丈餘，右手在小腿邊一摸，裝作摸出匕首，匕尖向外，左掌斜舉，說道：「敵人的眼睛如給你這樣一下戳瞎了，再撲上來勢道定然厲害無比，須防他抱住了你牢牢不放。」

韋小寶見這一招甚爲繁複，宛似馬戲班中小丑逗趣一般，可是閃避敵刃、制敵要害，的具顯效，嘆道：「這一招眞好，可就難練得緊了。」

洪安通道：「我教你的雖只三招，但其中包含擒拿、打穴、輕身三門功夫，有一項練得不到家，這三招便使不出。說到擒拿、打穴、輕身，每一項都須十年八年之功。但你只學跟這三招相干的，那便容易得多。」當下指點了穴道部位、擒拿手法、輕身腿勁，與他拆解數遍，演得不對便一一校正。只是韋小寶不敢騎到他頭頸中去，洪安通也沒教他試練。

洪夫人道：「教主，我這美人三招是師父所授，當年經過千錘百鍊的改正。你這英雄三招卻是臨時興之所至，隨意創制，比之我的美人三招又更厲害得多。不是當面捧你，大宗師武學淵深，委實令人拜服。」

洪安通抱拳笑道：「夫人謬讚，可不敢當。」

昨日韋小寶在大廳之上，見他不言不笑，形若木偶，心下對他很有點瞧不起，早就在想：「這樣一個呆木頭般的老傢伙，大家何必對他怕成這個樣子？」此刻見到他的眞實功夫，那才死心塌地的佩服，說道：「把師父教的功夫練得純熟，那不算希奇，教主心裏要出甚麼新招，就隨手使了出來，那才眞是天下無敵了。」洪夫人問道：「爲甚麼天下無敵？」韋小寶道：「敵人本事再大，教主使幾下新招出去，他認也不認得，自然只好大叫投降。」

洪安通和夫人齊聲大笑。一個微微點頭，一個道：「說得不錯。」

洪夫人又道：「教主，我這美人三招有三個美人的名字，你這英雄三招如此厲害，也得有三位大英雄的名頭才是。」

洪安通微笑道：「好，我來想想。第一招是將敵人舉了起來，那是臨潼會伍子胥舉鼎，叫做『子胥舉鼎』。」洪夫人道：「好，伍子胥是大英雄。」洪安通道：「第二招將敵人倒提而起，那是魯智深倒拔垂楊柳，叫做『魯達拔柳』。」洪夫人道：「很好，魯智深是大英雄。你這第三招雖然巧妙，不過有點兒無賴浪子的味道，似乎不大英雄……」說到這裏，格格嬌笑。

洪安通笑道：「怎麼會不大英雄？叫個甚麼招式好呢？嗯，我兩根食指扣住你眉毛，這叫做『張敞畫眉』。」洪夫人笑道：「張敞又不是英雄，給夫人畫眉，難道也算是英雄的一招？」洪安通笑道：「閨房之樂，有甚於畫眉者。你說給夫人畫眉不是英雄？」洪夫人紅暈雙頰，搖了搖頭。

韋小寶不知張敞是甚麼古人，心想給老婆畫眉毛，非但不是英雄，簡直是個怕老婆的孱漢，他也不懂洪安通掉文，乃是在跟妻子調笑，說道：「教主，你這一招騎在敵人頭頸裏，騎馬的大英雄可多得很，關雲長騎赤兔馬，秦叔寶騎黃驃馬。」

洪安通笑道：「對，不過關雲長的赤兔馬本來是呂布的，秦瓊又將黃驃馬賣了，都不大貼切。有了，這一招是狄青降伏龍駒寶馬，叫做『狄青降龍』，他降服的那匹寶馬，本來是龍變的。」

洪夫人拍手笑道：「好極！狄青上陣戴個青銅鬼臉兒，只嚇得番邦兵將大呼小叫，落荒而逃，那自然是位大英雄。只不過咱們叫做神龍教……」洪教主微笑道：「不相干，就算是龍，也有給人收伏得服服貼貼的時候。」洪夫人「呸」的一聲，滿臉紅暈，眼中水汪汪地滿是媚態。

當下韋小寶又將「美人三招」和「英雄三招」一一試演，手法身法不對的，洪安通和夫人再加指點。這六招功夫極盡巧妙，韋小寶一時之間自難學會。洪教主說不用躭心，只消懂了練習的竅門，假以時日，自能純熟。待得教畢，已是中午時分了。

洪夫人堅決不收匕首，還了給韋小寶，說道：「你武功還沒練好，這次去爲教主辦事，須得這利器防身。」又道：「白龍使，本教之中，能得教主親自點撥功夫的，除我之外，便是你一個了。」韋小寶道：「那不知是屬下幾生修來的福氣。」洪夫人道：

「你當忠心爲教主辦事，以報答教主的恩德。」韋小寶道：「是。」洪夫人道：「你這就去罷，明天一早和胖頭陀、陸高軒他們乘船出發，不用再來告辭了。」

韋小寶答應了，向二人恭恭敬敬的行禮，轉身出門，走到門邊，回頭道：「夫人，如我能活到八十歲，那時教主和夫人再各教我三招，好不好？」

洪夫人微微一怔，隨即明白這是他的善禱善頌，他現下不過十三四歲，到八十歲還有六十幾年，但教主和自己是壽與天齊，再活六十幾歲自是應有之義，嘻嘻一笑，說道：「我答允你了。你八十歲生日，教主和我再各傳你三招。等到你一百歲大壽，我們又各傳三招，叫做『老壽星三招』、『老婆婆三招』。」韋小寶道：「不，夫人那時仍跟今日一樣年輕美麗，多半你和教主更年輕了些，傳我的是……是……『金童三招』、『玉女三招』。」

洪安通和夫人哈哈大笑，心下極喜。

胖頭陀和陸高軒兩人坐在廳外山石上等了甚久，始終不見韋小寶出廳，驚疑不定，不知有甚變故，待見他笑容滿臉的出來，才放了心。兩人想問，又不敢問。

韋小寶道：「教主和夫人傳了我不少精妙的武功。」胖頭陀和陸高軒齊聲道：「恭喜白龍使。本教之中，除了夫人之外，從未有人得教主傳過一招半式。」韋小寶洋洋得意，道：「教主和夫人也這麼說。」陸高軒道：「白龍使得教主寵幸，實是本教創教以來從所未有。」向胖頭陀望了一眼，問韋小寶道：「教主和夫人可曾說起，何時賜給我們『豹胎易筋丸』的解藥。」韋小寶奇道：「這『豹胎易筋丸』還得有解藥？難道……難道……這是毒藥？」陸高軒道：「也不能這麼說，咱們回家詳談。」向竹廳瞧了幾眼，臉上大有戒愼恐懼之色。

三人回到陸家，韋小寶見胖陸二人神色鬱鬱，心下起疑，問道：「這『豹胎易筋丸』是怎麼一回事？到底是毒藥還是靈丹？」胖頭陀嘆道：「是毒藥還是靈丹，那也得走著瞧呢！咱三人的性命，全在白龍使的掌握之中了。」韋小寶一驚，問道：「爲甚麼？」

胖頭陀向陸高軒瞧去，陸高軒點了點頭。胖頭陀道：「白龍使，人家客氣的，叫我胖尊者，不怎麼客氣的，叫我胖頭陀。可是我瘦得這般模樣，全然名不副實，你是不是覺得有點兒奇怪？」韋小寶道：「是啊。我早在奇怪，猜想是人家跟你開玩笑，才這樣叫的。可是教主也叫你胖頭陀，他老人家可不會取笑你啊。」

胖頭陀嘆了口長氣，道：「我服豹胎易筋丸，這是第二次了，那眞是死去活來，現在還常常做噩夢。我本來很矮很胖，胖頭陀三字，名不虛傳。」

韋小寶道：「啊，一服豹胎易筋丸，你就變得又高又瘦了？那好得很啊，你現在相貌堂堂，威武之極，從前是個矮胖子，一定不及現在神氣。」

胖頭陀苦笑，說道：「話是不錯。可是你想想，一個矮胖子，在三個月之內，身子忽然拉得長了三尺，全身皮膚鮮血淋漓，這番滋味好不好受？若不是運氣好，終於回歸神龍島，教主又大發慈悲，給了解藥，我只怕還得再高兩尺。」

韋小寶不禁駭然，道：「咱們三人也服了這藥丸，我再高兩尺，還不打緊。你如再高兩尺，那……那可未免太高了。」

胖頭陀道：「這豹胎易筋丸藥效甚是靈奇，服下一年之內，能令人強身健體，但若一年滿期，不服解藥，其中猛烈之極的毒性便發作出來。卻也不一定是拉高人的身子，我師哥瘦頭陀本來極高，卻忽然矮了下去，他本來極瘦，卻變得腫脹不堪，十足成了個大胖子。」

韋小寶笑道：「你胖尊者變瘦尊者，瘦尊者變胖尊者，兩人只消對掉名字，豈不是甚麼事都沒有了？」胖頭陀臉上微有怒色，搖頭道：「不成的。」韋小寶連忙道歉：「胖尊者，我說錯了，請勿見怪。」胖頭陀道：「你執掌五龍令，我是下屬，就算打我罵我，我也不會反抗，何況這句話也不是有意損人。我和師兄二人的脾氣性格、相貌聲音，全然大不相同，單是一胖一瘦換個名字，並不能讓胖尊者變瘦尊者，瘦尊者變胖尊者。」韋小寶點頭道：「原來如此。」

胖頭陀續道：「五年之前，教主派我和師哥去辦一件事。這件事十分棘手，等到辦成，已過期三天，立即上船回島，在船裏藥性已經發作，苦楚難當。師哥脾氣十分暴躁，狂性大發，將船上桅桿一腳踢斷了，這艘船便在大海中漂流，日子一天天過去，我越來越高，越來越瘦，他偏偏越來越矮，越來越胖。這豹胎易筋丸能將矮胖之人拉成瘦長，高瘦之人壓成矮胖，洪教主也當眞神通廣大之至。這般漂流了兩個多月，那時只道兩人再也難以活命。船上糧食吃完，我們將梢公水手一個個殺來吃了，幸好僥天之倖，碰上了另一艘船，才得遇救，我們逼著那船立即駛來神龍島。教主見事情辦得妥當，我們又不是故意躭擱，便賜了解藥。我們這兩條性命才算撿了回來。」

韋小寶越聽越驚。轉頭向陸高軒瞧去，見他臉色鄭重，知胖頭陀之言當非虛假，說道：「那麼我們在一年之內，定須取得八部《四十二章經》，回歸神龍島了？」

陸高軒道：「八部經書一齊取得，自是再好不過，但這談何容易？只要能取得一兩部，及時趕回，教主自然也會賜給解藥。」

韋小寶心想：「我手中已有六部，當眞沒奈何時，便分一兩部給教主，又有何難？」當即放心，笑道：「這次倘若教主不賜解藥，說不定咱們小的變老，老的變小。我變成七八十歲的老公公，你們兩位卻變成了小娃娃，那可有趣得緊了。」

陸高軒身子一顫，道：「那……那也並非不能。」語氣之中，甚是恐懼，又道：「我潛心思索，這豹胎易筋丸多半是以豹胎、鹿胎、紫河車、海狗腎等大補大發的珍奇藥材製煉而成，藥性顯然是將原來身體上的特點反其道而行之。猜想教主當初製煉此藥，是爲了返老還童，不過在別人身上一試，藥效卻不易隨心所欲，因此……因此……」

韋小寶道：「因此教主自己就不試服，卻用在屬下身上。」陸高軒忙道：「這是我的猜想，決計作不得準。請白龍使今後千萬不可提起。」

韋小寶道：「兩位放心，包在我身上，教主定給解藥。兩位請坐，我去給方姑娘說幾句話。」他昨日見到了沐劍屏，急於要告知方怡。

陸高軒道：「洪夫人已傳了方姑娘去，說請白龍使放心，只要你盡心爲教主辦事，方姑娘在島上只有好處。」韋小寶吃了一驚，道：「方……方姑娘不跟我們一起去？」陸高軒道：「洪夫人差人來傳了她去，有言留給內人，是這樣說的。還說赤龍門那位沐劍屏沐姑娘也是一樣。」

韋小寶暗暗叫苦，他先前跟無根道人說，要在赤龍門中挑選幾人同去，其意自然只在沐劍屏，那知洪夫人早已料到，顫聲問道：「夫人……夫人是不放心我？」

陸高軒道：「這是本教規矩，奉命出外爲教主辦事，不能攜帶家眷。」韋小寶苦笑道：「這兩個姑娘又不是我家眷。」陸高軒道：「那也差不多。」

韋小寶本來想到明日就可攜同方沐二女離島，心下十分歡喜，霎時之間，不由得沒精打采，尋思：「教主和夫人果然厲害，豹胎易筋丸箍子套在我頭上還不夠，再加上我大小老婆的兩道箍子。厲害，厲害！」

次日清晨，韋小寶剛起身，只聽得號角聲響，不少人在門外大聲叫嚷：「白龍門座下弟子，恭送掌門使出征，爲教主忠心辦事。」跟著鼓樂絲竹響起。韋小寶搶出門去，只見門外排著三四百人，一色白衣，有老有少。衆人齊聲高呼：「掌門使旗開得勝，馬到成功！」其後有數十名靑衣教衆，是來相送代掌門使胖頭陀的。

韋小寶自覺神氣，登時精神一振，帶同胖頭陀、陸高軒二人，便即上船。正在和前來送行的無根道人、張淡月、殷錦等人行禮作別，忽聽得馬蹄聲響，兩騎馬馳到船邊。馬上兩人都身穿白衣，竟是方怡和沐劍屛二女。韋小寶大喜，心中怦怦亂跳，尋思：「莫非夫人回心轉意，又放她們和我同去麼？」

方沐二人翻身下馬，走上幾步。方怡朗聲說道：「奉教主和夫人之命，前來相送白龍使出征。」韋小寶心一沉：「原來只是送行。」方怡又躬身道：「屬下方怡、沐劍屛，奉夫人之命自赤龍門調歸白龍門，齊奉白龍使號令。」

韋小寶一怔，隨即恍然大悟：「原來你……你早已是神龍教赤龍門的屬下，一路上裝腔作勢，只是奉教主之命，騙我上神龍島來。胖尊者硬請不成功，你就來軟請。」想到此節，只覺滿心不是味兒，本想和她二人說幾句親熱話兒，卻也全無興致，忽然想起一事，對陸高軒道：「陸先生，服侍我的那小丫頭雙兒，你去叫人放出來，我要帶了同去。」陸高軒道：「這個……」韋小寶大怒，喝道：「甚麼這個那個的？快放！」他厲聲一喝，陸高軒竟不敢違抗，應道：「是，是！」向船上隨從囑咐了幾句。那人一躍上岸，飛奔而去。

過不多時，便見兩乘馬迅速奔來，當先一匹馬上騎者身形纖小，正是雙兒。她不等勒定馬匹，叫道：「相公！」便從鞍上飛身而起，輕輕巧巧的落在船頭。在無根道人等大高手眼中，這手輕功也不算如何了不起，只是見她年紀幼小，姿勢又甚美觀，都喝了聲采。

初時韋小寶見坐船駛走，生怕雙兒落入奸人之手，常自躭心，她武功雖強，畢竟年紀幼小，人又溫柔斯文，不明世務，在海船上無處可走，必定吃虧，待見到方怡也是神龍教下弟子，猛然想起，自己坐到島上的那艘海船，自然也是教中之物。他見到雙兒，十分歡喜，拉住她手，但見她容色憔悴，雙眼紅腫，顯是哭過不少次，忙問：「有人欺侮了你嗎？」

雙兒道：「沒……沒有，我只是記掛著相公。他們……他們關了我起來。」韋小寶道：「好啦！咱們回去了。」雙兒道：「這裏……毒蛇很多。」說著哇的一聲，又哭了出來。

韋小寶向方怡又望了一眼，想起她引自己走入林中，讓毒蛇咬噬，諸多做作，海船上種種甜言蜜語，全是假意，不由得甚是氣憤，向她狠狠白了一眼，說道：「開船罷！」

船上水手拔錨起碇，岸上鞭炮聲大作，送行諸人齊聲說道：「恭祝白龍使旗開得勝，馬到成功，爲教主立下大功！」

海船乘風揚帆，緩緩離島。岸上衆人大聲呼叫：「教主寶訓，時刻在心……」

韋小寶心想：「我若不知方姑娘已經入教，倒會時時刻刻記著她。這麼一來，倒也一無牽掛。」但想到來時方怡的柔情纏綿，心下不禁一片惆悵。又想：「她們兩個怎麼會入了神龍教？當眞奇哉怪也。是了，她們給章老三一夥人捉拿了去，莊少奶說託人去救，定是救不出來，於是便給神龍教逼得入了夥。小郡主服了教主的毒藥，方姑娘當然也服了。嗯，方姑娘如不聽話，不來騙我上神龍島，她也得毒發身亡，那是無可奈何，倒也怪她不得。不過這小娘皮裝模作樣，騙老公不花本錢，不是好人！他媽的，神龍教到底是幹甚麼的？老子雖然做了白龍使，可就全然胡裏胡塗！」

想到這些事全因章老三而起，心想：「這老傢伙不知是屬於甚麼門，老子將來如回神龍島，將他調到白龍門來，每天打這老傢伙三百板屁股。」又想：「章老三不知是不是在島上？他多半不敢稟報教主，說我就是小桂子，否則教主聽他說已捉到了我這麼個大人物，轉手又即放了，非殺他頭不可。對！胖頭陀不敢拆穿西洋鏡，章老三也不敢拆穿東洋鏡。」